O gueto interior

Santiago H. Amigorena

O gueto interior

tradução
Rosa Freire d'Aguiar

todavia

Há vinte e cinco anos comecei a escrever um livro para combater o silêncio que me sufoca desde que nasci. Desse livro, constituído de seis partes, foram publicados a primeira, Uma infância lacônica; *o segundo capítulo da segunda,* Uma juventude afônica; *a terceira,* Uma adolescência taciturna, *composta de dois capítulos publicados separadamente,* O segundo exílio *e* As primeiras vezes; *a quarta,* Uma maturidade quieta, *igualmente publicada em dois volumes separados,* O primeiro amor *e* A primeira derrota; *e três anexos* (1978; 2003, *publicado com o título* Dias que não esqueci; *e* 2086, *publicado com o título* Minhas últimas palavras). *As poucas páginas que você tem em mãos estão na origem desse projeto literário.*

Para Mopi, que o escreveu antes de mim
Para Marion, que o escreveu comigo

Reagir de modo adequado ao incomensurável era impossível. E quem exige isso das vítimas deveria exigir do peixe jogado na praia que ele se apresse em fazer crescerem pernas para retornar, aos passinhos, ao seu elemento úmido.

Günther Anders, *Nós, filhos de Eichmann*

No dia 13 de setembro de 1940, em Buenos Aires, a tarde estava chuvosa e a guerra na Europa tão distante que ainda se poderia pensar em tempos de paz. A avenida de Mayo, essa grande artéria ladeada por edifícios art nouveau que separa a Presidência do Congresso, estava quase vazia; só uns homens apressados, ao saírem de seus escritórios do centro da cidade com um jornal no alto da cabeça para conjurar os pingos, corriam na chuva para pegar um ônibus ou um táxi e voltar para casa. Entre esses passantes furtivos, um homem de trinta e oito anos de idade, Vicente Rosenberg, protegido pelo chapéu, ia andando com passo pausado mas irrefletido até a porta do Tortoni, um café da moda onde naquele tempo se podia cruzar tanto com Jorge Luis Borges e as glórias do tango quanto com refugiados europeus como Ortega y Gasset, Roger Caillois ou Arthur Rubinstein. Vicente era um jovem judeu. Ou um jovem polonês. Ou um jovem argentino. Na verdade, no dia 13 de setembro de 1940, Vicente Rosenberg ainda não sabia exatamente o que era. Ao entrar no café, logo notou, sentado numa daquelas mesinhas enfileiradas na parede diante do balcão, a silhueta maciça de Ariel Edelsohn, seu melhor amigo. Com os cotovelos e um café sobre o mármore do balcão, ele esperava Vicente enquanto lia jornal, perto dos bilhares da sala dos fundos. A seu lado, virado para o local como para vigiar as séries de carambolas, nervoso como de costume, estava Sammy Grunfeld, um rapaz que costumava andar com eles. Depois de apertar a mão de cada um, Vicente sacudiu o abrigo para livrá-lo dos últimos pingos que tentavam embeber a lã grossa, e depois se sentou junto aos amigos, inclinando a cabeça para ler as manchetes do jornal: na Europa, a batalha da Inglaterra estava no auge e os nazistas começavam a trancar os judeus em guetos. Ariel, que seus amigos argentinos chamavam de "O Urso", dobrou o jornal soltando um carregado suspiro.

— Os judeus me enchem o saco. Sempre me encheram o saco. Foi quando descobri que a minha mãe ia se tornar tão judia e chata quanto a dela que resolvi ir embora.

— Comparada com a minha, sua mãe não é tão chata assim — respondeu-lhe Sammy, sempre com um olho fixo nas mesas de bilhar.

Um pouco constrangido, Ariel deu uma olhada para Vicente, mas, como este parecia pensar em outra coisa, continuou a falar com Sammy, que estava meio de costas para os dois:

— O pior é que quando ela tinha vinte anos só sonhava com uma coisa: sair do *shtetl* para ir viver na cidade. Achava a minha avó um saco, pelas mesmas razões que eu acho, hoje, que ela é um saco...

— Olhe, saco ou não saco, você fez com que ela atravessasse o Atlântico para tê-la ao seu lado.

— É... até mesmo das piores coisas a gente sente falta.

Achando graça no tom solene de Ariel, Sammy soltou uma gargalhada curta e barulhenta, como um estalo de dedos. De seu lado, de cara meio fechada, Vicente se mantinha calado. Já fazia uns meses que ele não tinha a menor vontade de discutir sobre o que se passava na Europa.

— O que é que você tem, Wincenty? É o bom tempo que te deixa de mau humor?

Vicente se voltou para Ariel, com um sorrisinho no canto dos lábios: de todas as pessoas que conhecia em Buenos Aires,

Ariel, que encontrara em Varsóvia quando tinham dezoito anos e acabavam de se alistar no Exército, era o único que ainda o chamava de Wincenty.

— Minha mãe também, foi porque não suportava os pais que ela nos fez sair de Chełm quando eu era pequeno.

Vicente dissera essas palavras bem baixinho, e Sammy, que Vicente e Ariel tinham conhecido durante o trajeto de barco de Bordeaux a Buenos Aires, em 1928, e que, nessa cidade então incompreensível, se agarrara a eles como a uma boia de salvação, tentou tirar a conclusão daquela conversa impertinente:

— É o que se faz desde que o mundo é mundo, não é? Amamos nossos pais, depois achamos que são um saco, depois partimos para outro lugar... Ser judeu talvez seja isso...

— É... ou ser humano.

Depois de um tempo bem mais longo do que pediam essas palavras sentenciosas jogadas sobre a mesa como pássaros mortos, Ariel se virou de novo para Vicente.

— Teve notícias?

— Não, a última carta já tem três meses. Nem sei se ela recebeu os dez dólares que lhe enviei em junho.

— Falei com Jacob, que recebeu um telegrama do primo que conseguiu partir para os Estados Unidos: parece que em Varsóvia já não se encontram nem selos...

Para não afligir os amigos, Vicente fez um esforço para esboçar um minúsculo sorriso, depois se levantou para ir ao banheiro. Não que tivesse propriamente vontade de urinar, mas havia algum tempo ele relutava em participar daquelas discussões sem fim que, partindo do passado e das famílias de cada um, sempre arrastavam os amigos para esse terreno escorregadio e político que se referia à evolução da situação na Europa.

Enquanto Sammy e Ariel continuaram a trocar comentários sobre a guerra, Vicente, nos vastos toaletes do Tortoni, lavou as mãos devagar antes de erguer os olhos para contemplar brevemente seu reflexo no espelho. Suas feições eram delicadas, quase vaporosas. Seus lábios, suas sobrancelhas, seu narizinho, seu bigode fino (que ele mandava aparar, fossem quais fossem seus reveses, duas vezes por semana no melhor barbeiro de Buenos Aires) pareciam ter sido desenhados por um calígrafo chinês com um pincel tão sutil que eram como que evanescentes. Aliás, quando alguém se lembrava de seu rosto, não era a amplidão da fronte ou a saliência das maçãs, tampouco o verde dos olhos ou o ruivo dos cabelos que vinham à memória: era somente uma sensação difusa, como uma bruma ligeira em que uma graça picante revezava com uma terna melancolia.

Depois de enxugar as mãos, Vicente deixou o universo gelado de mármore e azulejos brancos do toalete para voltar ao universo ocre e silencioso da grande sala do café. Sentou-se de novo ao lado de seus amigos e olhou para eles com afeto — e uma ponta de ciúmes também: à diferença de Vicente, cuja mãe e irmão ainda estavam na Polônia, Sammy fugira do Velho Continente com toda a família, e Ariel conseguira, três anos antes, em 1937, convencer os pais e a irmã a encontrá-lo em Buenos Aires.

— ... apesar da famosa Linha Maginot, os franceses bateram um novo recorde mundial da derrota mais rápida.

— Ainda assim, depois de nós!

— Com vocês é diferente: todo mundo sabe que os poloneses jamais quiseram realmente lutar.

— É verdade que vocês, os russos, o que mais adoram é lutar... sobretudo entre vocês!

Sammy suspirou, agastado. Mas Ariel pôs a mão em seu ombro, como um irmão mais velho, e a altercação parou ali.

— Em todo caso, teria sido preferível que nosso governo se instalasse em outro lugar que não fosse Londres. Parece que por lá chovem bombas como canivetes... O que acha, Wincenty?

Como Vicente custasse a responder, Sammy respondeu em seu lugar:

— Londres... Paris... Varsóvia... A gente tem mesmo sorte de estar aqui, não é?

Para disfarçar seu tormento, Vicente deu uma olhada lá para fora, fazendo de conta que verificava se ainda chovia. Ariel aproveitou para fazer uma careta para Sammy, lembrando-lhe que a mãe de Vicente ainda estava na Polônia, e Sammy mordeu o lábio para mostrar que entendera sua gafe. E houve, em torno da mesinha, uma pausa constrangedora. Depois, rapidamente, para serenar o amigo de adolescência, Ariel tentou desviar a conversa, pedindo notícias da loja de móveis que Vicente acabava de abrir; e para reconfortar Ariel, Vicente, por sua vez, tentou responder à pergunta; e Sammy, para tentar descontrair de vez a atmosfera pesada, fez uma piada sobre o gosto dos argentinos pelos móveis rústicos. Mas, apesar de todos os seus esforços, um silêncio pesado, glacial, se abatera sobre eles, enfiando-se entre os olhares, entre os esboços de sorriso, bem antes que tivessem parado de falar.

Os três amigos terminaram seus cafés, depois beberam um gim, depois outro, depois suspenderam a bebida e vestiram os mantôs e saíram do Tortoni. Na calçada, ainda ficaram fazendo hora, trocando algumas palavras inofensivas protegidos pela marquise. Vicente acendeu um Commander enquanto Sammy bufava de impaciência e Ariel esticava sua imensa carcaça de urso dando um gritinho de satisfação: os dias eram escuros mas a semana tinha terminado e, decididamente, ele estava de bom humor.

— Bem... então vem conosco? Afinal, hoje é sexta-feira 13!

Querendo arrastar o amigo de adolescência para a excitação do fim de semana que ia começar, Ariel propusera a Vicente acompanhá-los ao hipódromo de Palermo. Mas Vicente declinou o convite. Gostava de apostar nos cavalos mas, ao mesmo tempo, estava cansado e com vontade de ir para casa. Ariel não insistiu: dos três amigos, Vicente era o único que tinha filhos, e de vez em quando deviam deixá-lo voltar sossegado para casa. Ariel abraçou Vicente e Sammy lhe apertou a mão, e o deixaram terminar sozinho o cigarro, sob a marquise. Depois de jogar a guimba longe, Vicente levantou os olhos para o céu. Como a chuva parecia querer parar, saiu a pé em direção ao apartamento da rua Paraná, para onde se mudara com Rosita e as crianças alguns meses antes. Era um pequeno sala e dois-quartos, no quarto andar de um edifício antigo a uns cem metros da loja de móveis que ele acabava de abrir. Eram só oito e meia e Vicente sentiu, ao atravessar o hall de entrada, uma espécie de alegria tranquila diante da ideia de voltar para casa, como se sentisse, com uma força nova, que aquele pequeno apartamento modesto, para onde tinham se mudado só poucas semanas antes para morarem mais perto da loja, já fosse, e seria para sempre, seu verdadeiro lar. "Você já tem um lar? Come em casa? E como faz com a limpeza? Conte-me tudo, meu querido. Morro por não ter notícias suas..." Essas palavras de uma carta antiga enviada por sua mãe na época em que ela ainda lhe escrevia para a posta-restante de Buenos Aires lhe voltaram abruptamente à memória enquanto subia a escada. "Sim, agora, finalmente, posso dizer que tenho um lar", ele lhe respondeu mentalmente, pensando nas inúmeras recriminações que ela lhe fizera anos a fio, porque ele não lhe dava notícias suficientes. "Peço-te encarecidamente, Wincenty querido, escreva, escreva, responda-me o mais rápido possível." "Mais uma vez estou sem notícias suas. Isso me entristece infinitamente." "Eu te suplico, escreva-me umas palavras. Será que é tão difícil para você escrever umas palavras à sua mãe?" "Eu imploro algumas palavras. Desejo tanto te rever. Enquanto eu viver, é meu único sonho." "Eu te suplico, Wincenty, escreva-me umas palavras. Que desespero para uma mãe não ter notícias do filho!" "Mas como é possível esquecer totalmente sua mãe?" Quando ele partira de Varsóvia, a mãe o fizera jurar que lhe escreveria uma vez por semana. Mas enquanto ela jamais deixara, até 1938, de lhe enviar várias cartas por mês, Vicente só cumprira a promessa durante o primeiro ano que se seguira à chegada a Buenos Aires. 1929, 1930, 1931. Os anos passavam e Vicente, toda vez que recebia uma carta, amaldiçoava as reprimendas da mãe. 1932, 1933, 1934. Depois, as próprias reprimendas começaram a diverti-lo e, com Ariel, ele às vezes caçoava delas. 1935, 1936, 1937. Depois, recebeu-as com indiferença. 1938, 1939, 1940. E dizer que agora, passados três anos, é ele quem se preocupa por já não ter muitas notícias da mãe…

Assim que cruzou a porta do apartamento, Martha e Ercilia, as duas filhas de Vicente, de quatro e seis anos, correram para pular em seus braços, como se tivessem desejado confirmar esse sentimento de paz que o pai sentira ao entrar no edifício.

— Boa noite, capitão!

— Mamãe, mamãe! O capitão chegou!

Rosita, instalada num novíssimo modelo de cadeira de balanço fabricado por seu pai, lia uma história para Juan José, o filho, que ainda era um bebê gorducho. Depois de levantar os olhos e sorrir para o marido, ela retornou tranquilamente à página do livro de Horacio Quiroga. E foi Vicente que se aproximou de suas costas para envolvê-la em seus braços e beijá-la no pescoço. Rosita pôs a mão sobre a dele e a apertou com força contra seu ombro — enquanto, ao mesmo tempo, apertou o filho contra o peito.

— Trabalhem… Trabalhem pensando que o objetivo para o qual tendem os nossos esforços — a felicidade de todos — é bem superior ao cansaço de cada um. É isso que os homens chamam de "ideal", e estão certos. Não há outra filosofia na vida de um homem, ou de uma abelha.

Rosita acabara de ler o pequeno conto infantil de Quiroga e se levantou. Pôs o filho sobre o tapete, disse à menina mais velha para terminar a página de caligrafia, e à caçula para brincar um pouco com o irmãozinho, e foi preparar o jantar na pequena cozinha. Ao contrário do marido, Rosita tinha feições um pouco grosseiras, um pouco flácidas — mas muito bondosas. Seu olhar e seu sorriso transbordavam de uma doçura rústica, lamacenta, úmida como uma terra generosa. Gorduchinha, ela possuía essa beleza hoje em dia tão desprezada e que tanto se apreciou desde o Renascimento até o século XIX: essa que só têm as mulheres um pouco robustas, de ombros caídos, seios pequenos, pele leitosa. Como Vicente dissera a Ariel, levado por um arrebatamento lírico um dia depois de vê-la pela primeira vez, "seu olhar era tão meigo que suas pintas sempre pareciam lágrimas de alegria que flutuavam em suas faces". Rosita e Vicente eram muito diferentes, mas havia uma coisa em que se pareciam tremendamente: uma incerta fragilidade, pálida e silenciosa, que traía o fato de terem sido muito amados quando crianças. Essa semelhança fazia deles um casal amoroso e fraterno ao mesmo tempo. Aliás, quando Léon, o irmão mais velho de Rosita, que ele encontrara numa milonga suspeita do bairro suspeito de Pompeya, o convidara para ir à Confitería Ideal, um salão de chá muito chique, e lhe apresentar sua irmã, Vicente gostara dela de imediato, com um amor tão simples e tão forte — isto é, tão puro — que ele jamais duvidara de que, quando alguns meses depois o pai dela lhe dera a mão da filha, tudo ao seu lado seria sempre fácil e bem-aventurado.

Porém, logo no início, o pai de Rosita, Pini Szapire, não viu com bons olhos aquele pretendente polonês recém-chegado a Buenos Aires. "Ele está bem-vestido demais para ser honesto", foi o que disse à mulher na noite daquele domingo tórrido em que Vicente fizera a primeira visita à casa da família, ao lado da fábrica de móveis de madeira que Pini Szapire abrira trinta anos antes, assim que se instalara na Argentina. Mas o desejo de se casar demonstrado por Rosita, a filha preferida, venceu suas reservas. Aliás, Vicente mal percebera a ponta de desdém com que o futuro sogro o tratou num primeiro momento. Oficial muito jovem do Exército polonês, ele jamais concluíra os estudos de direito que começara na Universidade de Varsóvia, mas já chegara a Buenos Aires, apesar de sua pobreza, com um sentimento de superioridade que lhe permitia bancar o dândi com o maior desembaraço. Os avós de Vicente tinham deixado o *shtetl* para ir para Chełm, e seus pais tinham deixado Chełm (onde o pai fez fortuna como comerciante de madeira de lei) para ir para Varsóvia quando ele tinha doze anos. Ter nascido numa família abastada e crescido na capital o fizeram perder aquele complexo de inferioridade que ele desprezava na maioria dos filhos do povo eleito e o encorajara, aos dezoito anos, pouco depois da morte do pai, a se alistar no Exército polonês, onde encontraria Ariel e não demoraria a passar da patente de simples soldado para a de oficial, muito jovem.

Ao sair da Primeira Guerra Mundial, a Polônia mal era um país. Tinha cinco moedas diferentes, nove sistemas jurídicos, e todas as múltiplas disputas de fronteira haviam degenerado em pequenas guerras: a guerra polaco-ucraniana, a guerra polaco-lituana e a guerra polaco-tcheca. Como Churchill previra, assim que a guerra dos gigantes terminara, a dos Pigmeus começara. Num primeiro momento, o marechal Piłsudski, de quem Vicente era fervoroso admirador, supusera que a Polônia se sairia melhor com os bolcheviques do que com um Império russo restaurado, e, ignorando as pressões que a Entente Cordial exercera sobre ele a fim de que se juntasse à ofensiva contra a União Soviética, Piłsudski decerto salvara, em 1919, o governo de Lênin. Mas muito depressa virou a casaca e fez aliança com a Ucrânia para combater aqueles mesmos soviéticos. E foi assim que, em 1920, Piłsudski — que, como general durante a Primeira Guerra Mundial, conduzira suas legiões à dissolução, enquanto a França e a Inglaterra o consideravam um aliado pouco fiável que levaria a Polônia à destruição e a Rússia o via como um criado dos Aliados que traria o imperialismo e a ruína, enquanto todos concordavam que sua carreira catastrófica seria coroada pela derrocada da Polônia — pusera um termo ao avanço soviético, graças à estratégia pouco convencional da batalha de Varsóvia. Na verdade, o plano de Piłsudski parecia tão ingênuo, tão amador que os oficiais superiores e os especialistas de seu próprio exército apontaram sua falta de educação militar. Assim, quando uma cópia desse plano caiu em mãos soviéticas, o próprio general Tukhatchevsky pensou que se tratava de uma armadilha e o ignorou. Na aurora do dia 15 de agosto de 1920, o exército do marechal — e doravante pai da pátria — Józef Piłsudski encontrara uma brecha no aparato militar russo, infiltrara-se entre suas linhas, desbaratara seu front e matara aos milhares. O avanço soviético fora detido — jamais recomeçaria. O que mais tarde se chamaria "o milagre do Vístula" acabara de acontecer.

Os soviéticos pagaram amargamente por esse erro: naquela manhã, o Exército Vermelho sofreu uma das mais graves derrotas de sua história — e Piłsudski, por descuido, se é que se pode dizer assim, tornou-se, ao lado de Alexandre, o Grande, Júlio César, Frederico II, Nelson e Napoleão, um grande gênio militar. Dizem até que um jovem oficial da Missão Francesa na Polônia, Charles de Gaulle, adotou em seguida certas lições tiradas da guerra soviético-polonesa e da carreira daquele político caprichoso...

Foi desta última guerra que Vicente participou. Desde que chegara à Argentina, para simplificar o relato de suas aventuras passadas, ele dizia apenas que ajudara Piłsudski a libertar a Polônia. Adorava contar, sobretudo a Ercilia, sua "filha grande", para fazê-la rir, que, quando acabara de ser nomeado capitão e a guerra estava prestes a ser perdida, ele resolvera dar no pé — e que a única medalha militar que algum dia conseguira fora graças ao fato de que, entre os milhares de soldados que tinham ido embora desabalados, ele era o que corria mais rápido. Por que Vicente Rosenberg preferia depreciar suas façanhas a enaltecê-las? E por quais razões não quis prosseguir a carreira de oficial e escalar os degraus da hierarquia militar? Ele mesmo custava a entender. Nem o campo de batalha nem Piłsudski, o herói de sua juventude, tinham correspondido às esperanças incubadas em seu coração adolescente. E no final da guerra, vencedor, ele retornou a Varsóvia, derrotado.

Gustawa Goldwag, sua mãe, logo o convencera a se matricular em direito, na universidade. Bernard, o filho mais velho, que todos chamavam de Berl, estava terminando os estudos de medicina, e Gustawa, como boa mãe judia, sonhava com um filho médico e outro filho advogado. Mas Vicente, por sua vez, sonhava com outro horizonte, com um horizonte mais distante e mais vasto que aquele oferecido pelo Velho Continente, já ameaçado pela desgraça. Além disso, ele que tanto gostava de zombar dos judeus que permaneceram nos *shtetlech*, embora às vezes se sentisse, ele mesmo, antissemita, suportava com dificuldade o antissemitismo de seus compatriotas poloneses. Como tolerar que jovens estudantes despreocupados, porque eram poloneses de quatro costados, pudessem debochar dele que, ao lado do marechal Piłsudski, combatera para libertar a pátria para eles? Vicente se lembrava de sua infância em Chełm. Lembrava-se dos deboches que sofrera na escola quando a professora pedira aos alunos que narrassem suas férias de verão em algumas linhas e ele entregara a redação em iídiche, em vez de escrevê-la em polonês. Na época, dominava perfeitamente as duas línguas mas ainda não sabia se, na escola, devia usar uma ou outra. E quando voltara para casa aos prantos, até Berl, o irmão mais velho, e Rachel, a irmã mais velha, caçoaram de seu equívoco. Vicente também se lembrava da rua onde tinham morado, lembrava-se dos vizinhos, lembrava-se de seu bairro de Chełm onde todo mundo falava iídiche, e lembrava-se de que ele também falava essa língua que, em Buenos Aires, pouco a pouco, se tornara estrangeira. Vicente se lembrava até daquela sensação singular que tivera alguns anos mais tarde, depois de chegarem a Varsóvia, quando receberam a visita daqueles primos que viviam em Hrubieszów e usavam quipá e tranças e ainda se vestiam todos de preto: a sensação de que não só ele mas também seu irmão mais velho, sua irmã mais velha e até sua mãe tinham deixado de ser judeus. Desde então, apesar dessas lembranças, aquele sentimento só se fortalecera. "O que nos faz sentir uma coisa e não outra? O que faz com que, às vezes, digamos que somos judeus, argentinos, poloneses, franceses, ingleses, advogados, médicos, professores, cantores de tango ou jogadores de futebol? O que faz com que falemos de nós mesmos tendo tanta certeza de que somos apenas uma coisa, uma coisa simples, fixa, imutável, uma coisa que podemos conhecer e definir com uma só palavra?" Desde que saíra da Polônia, como tantos exilados, Vicente costumava se fazer essas perguntas. E se às vezes encontrava respostas para esse problema — muitas respostas, demasiadas respostas! —, jamais conseguia enxergar numa delas uma solução verdadeira. Vicente começara a sentir uma admiração sem limites por Piłsudski quando tinha quinze anos e seu pai acabara de morrer de infarto. E, com certeza, alistara-se no Exército para afirmar que era mais polonês que judeu, ou mais polonês que comunista, como aquele noivo de sua irmã que ele detestava. E talvez tivesse sonhado naquele momento, ao sair da Primeira Guerra Mundial, como tantos outros jovens colegiais poloneses, com uma Polônia forte e livre. Talvez também Vicente tivesse decidido sair da Polônia por ter se sentido traído por Piłsudski, aquele pai adotivo, aquele herói de toda uma geração que, de súbito, resolvera se afastar da vida política. Ou talvez isso se devesse aos insultos antissemitas sofridos na universidade. Ou talvez também quisesse deixar a Europa para fugir da miséria que espreitava o continente inteiro, ou movido pelo desejo de descobrir a América. Talvez tivesse simplesmente partido de Varsóvia como na época se partia, pensando que faria fortuna no estrangeiro e retornaria, retornaria e reveria a mãe, a irmã, o irmão. Talvez, ao partir, jamais tivesse sonhado que não retornaria, que nunca mais os veria.

Seja como for, em 1928, quando saíra da Polônia com seu amigo Ariel Edelsohn, rumo a Amsterdam, depois Paris, depois Bordeaux, onde pegaram o navio que os levaria a Buenos Aires, Piłsudski já voltara atrás na sua decisão e iniciava sua segunda vida política à frente da Polônia, e os movimentos antissemitas tinham desaparecido das universidades de Varsóvia por alguns breves anos.

Vicente Rosenberg chegara à Argentina no mês de abril de 1928 com pouquíssimo dinheiro no bolso e uma carta de recomendação de seu tio para o Banco da Polônia em Buenos Aires (esse mesmo banco onde outro polonês, Witold Gombrowicz, iria trabalhar quinze anos depois). Mas em pouco tempo, em vez de se tornar bancário, passou a fazer uns servicinhos aqui e acolá, uns negocinhos mais ou menos duvidosos, e se tornou um rapaz, não rico, mas alinhado e galante. Aprendera a dançar tango, começara a frequentar as milongas com Ariel e Sammy, e Sammy lhe apresentara a León, o irmão mais velho de Rosita, e León lhe apresentara a Rosita, sua futura mulher.

De seu lado, os pais de Rosita tinham chegado a Buenos Aires com suas duas irmãs mais velhas, Olga e Esther, e o irmão León, em 1905. Rosita fora a primeira da prole a nascer na Argentina e logo se tornara a filha predileta do pai. Aos dezoito anos, quando terminou o liceu, não tivera dificuldade em convencê-lo a deixá-la prosseguir os estudos, e matriculara-se na Faculdade de Farmácia de La Plata. Mal começava o segundo ano quando León lhe falou de Vicente. De início, hesitara em abandonar tudo por esse primeiro amor. Sabia que se interrompesse os estudos se tornaria uma mulher do lar e temia essa vida, que seria forçosamente parecida com a da mãe e das irmãs (e com a dos milhares de gerações de mulheres que a precederam), mas mesmo assim abandonou tudo: mais ainda que se tornar uma dona de casa como a mãe e as irmãs, Rosita temia perder aquilo que tantos romances que lera, e também a maioria de suas amigas, chamavam de *"el hombre de tu vida"*, o homem da tua vida. Além do mais, Vicente não era propriamente como os maridos de suas irmãs ou como seu pai: Vicente estudara e se vestia bem e adorava dançar e falar e jogar e aproveitar a vida como se ela tivesse outro sentido além de ter filhos e se tornar um próspero comerciante.

Rosita vinha de uma família que, embora tão abastada como a de Vicente (seu avô, fabricante de charutos, tivera seu momento de glória nos anos 1860), era relativamente inculta, e só saíra do *shtetl* de Kiev um pouco antes de seu nascimento. Assim como nos estudos de farmácia, ela via em Vicente uma promessa de algo novo, de uma mudança radical, definitiva, que a faria largar para sempre o universo da fábrica de móveis de madeira em que crescera.

Seu pai, Pini Szapire, não se enganara. Se desconfiara daquele jovem dândi polonês, não era tanto por ser, apesar das belas roupas, muito mais pobre que eles: era, bem mais, porque vira em Vicente alguma coisa de semelhante ao que Rosita via — e porque não queria perder a filha predileta, a que fora a primeira a expressar o desejo de estudar, a primeira da família que, ele esperava, se tornaria "alguém" e se casaria, não tanto com um ardiloso polonês encantador, mas com um médico, um advogado ou um arquiteto argentino de boa família. Mas o pai de Rosita acabara cedendo, e Rosita se casara, e partira em lua de mel para o Uruguai, para o Grande Hotel Casino de Carrasco. Rosita e Vicente passaram uma semana inteira entre a roleta, a pista de dança e a praia. Dançaram muito, se amaram muito e jogaram muito. Na época, Vicente já adorava o pano verde mas detestava perder. E nas noites em que a sorte não comparecia, Rosita sabia acariciá-lo ao sair, de madrugada, do cassino, e ele nunca demorava a reencontrar a alegria e o sorriso.

Os primeiros anos do casamento passaram tão depressa como passam os anos quando estamos felizes, quando temos três filhos em seis anos, quando nos mudamos quatro vezes e trocamos de emprego a cada três meses.

Em suma, em 1940 Vicente e Rosita continuavam a se amar tanto quanto antes, Vicente continuava a ser jovem e belo, e sempre tomava o mesmo cuidado com a aparência, mas também aceitara abrir uma loja para vender os móveis do sogro e também se tornara um pai de família — e Rosita se tornara, também, uma dona de casa. Fazia muito tempo que Vicente esquecera o iídiche e aprendera a falar argentino correntemente. Salvo seu amigo Ariel, mais ninguém o chamava de Wincenty: todos o chamavam de Vicente — e, pensando bem, ele afinal se sentia, naquele tempo, bem mais argentino do que judeu ou polonês.

Naquela sexta-feira 13 de setembro, depois do jantar, enquanto Rosita arrumava a cozinha, Vicente pusera as crianças na cama. Contara a elas uma história que já tinha lhes contado inúmeras vezes e que as crianças, as meninas sobretudo, pois o menino ainda era muito pequeno para compreendê-la propriamente, adoravam que ele repetisse antes de dormir. Tratava-se de uma velha lenda judaica — ou de uma jovem lenda familiar — segundo a qual eles se chamavam Rosenberg por causa de um poeta alemão, E. T. A. Hoffmann. Na época de Napoleão, quando se decidira inscrever os judeus no registro civil, Hoffmann trabalhava como assessor na administração parisiense. Todos os judeus tiveram de ir ao tribunal para que lhes dessem um sobrenome, e o poeta alemão, que se ocupava justamente de inscrevê-los, inspirando-se talvez nos índios da

América do Norte, tinha chamado a todos com metáforas românticas: Árvore Dourada, Clarão da Aurora, Floresta de Diamantes — ou Rosenberg, Montanha de Rosas.

— Mas antes, meu capitão, como é que se chamavam antes?

Vicente acabava de terminar a história quando Martha, a caçula, pela primeira vez naquela noite lhe fizera essa pergunta a um só tempo tão estranha e tão lógica.

— Acho que nos chamávamos Ben alguma coisa... Ou então, não... Não, na verdade acho que usávamos o primeiro nome do pai de... ou dali onde tivéssemos nascido... ou talvez do ofício que exercíamos... Na verdade eu não sei, esqueci completamente!

Como Ercilia, a outra filha, insistisse para que ele tentasse se lembrar, Vicente lhes disse que ia fazer a pergunta à avó delas que, como sabiam, ficara na Polônia; e que se ela tampouco se lembrasse, encontraria outros membros da família que, com absoluta certeza, se lembrariam. Depois, levantou-se e apagou a luz.

— Está prometido, vou escrever a ela para perguntar.

Vicente deu um beijo na testa de cada filha, e também na do filho que já dormia, e saiu do quarto das crianças. No corredor, virou-se para o clarão que escapava pela porta entreaberta da cozinha, mas, em vez de percorrer os poucos metros que o separavam da mulher, colou as costas na parede e ficou um instante sozinho, em pé na penumbra, refletindo. Pensou no que dissera às crianças. Um pouco aborrecido consigo mesmo: sabia que talvez não pudesse cumprir a promessa. Bem, sabia que poderia cumprir a promessa de escrever à mãe para lhe perguntar qual era o sobrenome deles antes que fossem chamados de Rosenberg, mas conjecturava que talvez não tivesse resposta.

Desconfiava que talvez ela não lhe respondesse, pois fazia meses que não respondia a nenhuma de suas cartas.

No dia seguinte (não no dia seguinte daquela sexta-feira 13 de setembro de 1940 em que ele contara pela enésima vez a história de E. T. A. Hoffmann aos filhos, nem no dia seguinte do dia seguinte desse dia, nem no dia seguinte de um outro dia, não o dia seguinte, digamos, mas *um* dia seguinte de um dia igualmente preciso e igualmente impreciso, um dia seguinte certo e incerto se você preferir), Vicente saíra de casa num passo decidido. Como todo homem, isto é, como todos os homens, assim como se levantava de manhã ora com o pé direito, ora com o pé esquerdo, Vicente andava com passos variados dependendo da ocasião: passos refletidos, hesitantes, furtivos, fugazes, apressados — ou, como naquele dia, passos decididos. Naquele dia, o dia seguinte geral e definido ao mesmo tempo, o que motivava sua determinação era que ele devia receber uma série de candidatos para o anúncio que mandara publicar, na véspera, no *El Mundo*. Portanto, ao chegar à loja de móveis, Vicente não ficara surpreso quando encontrou dois rapazes, um louro, o outro moreno, e um terceiro homem barbudo, mal-encarado e bem mais velho, que esperavam diante da porta. Levantou a grade de ferro e mandou passar, primeiro, o homem mais velho para o local escuro, semelhante a um corredor comprido, onde expunha os móveis do sogro. Não mandara passar esse homem primeiro porque seu ar mal-encarado parecia torná-lo, a priori, um melhor candidato, mas, ao contrário, porque tinha quase certeza de precisar excluir sua candidatura. Foi o que fez, depois de ouvi-lo enumerar, por uns bons dez minutos, os cargos de vendedor que ocupara nos últimos trinta e cinco anos. O homem, como ele mesmo dizia, vendera quase tudo: produtos de beleza, produtos de limpeza, livros, relógios, equipamentos para a pecuária, perucas, calçados, joias e até carros. O homem tinha vendido praticamente tudo — menos móveis.

— Justamente.

— Justamente?... Mas... justamente... justamente o quê?

— Justamente são móveis que se trata de vender aqui.

O homem barbudo passou com os olhos o espaço da loja.

— Sim, sei muito bem. Vê-se...

— Portanto, é isso: justamente.

O homem sorriu, não muito confiante. Não sabia se Vicente fazia graça ou se estava falando sério. Vicente se levantou e o acompanhou até a porta, abreviando a conversa para dissimular o fato de que ele tampouco sabia, justamente, se sua observação tinha ou não algo de cômica.

O segundo candidato que ele convidara a entrar na loja foi o rapaz moreno. A bem da verdade, não era apenas moreno: era muito moreno. Era muito muito moreno. Era muito muito moreno da mesma maneira que o outro rapaz era muito muito louro. Havia algo de insólito na oposição absoluta da cor dos cabelos e da pele naquelas duas pessoas; e Vicente não conseguira, antes de mandar o rapaz moreno entrar, deixar de fazer uma pausa durante a qual lançara um olhar penetrante para um, e depois para o outro desses dois últimos candidatos. O rapaz moreno também lhe falou de sua experiência. Trabalhara sobretudo como garçom em restaurantes, e também num posto de gasolina, mas seu desejo, como dizia, era "mudar de profissão".

— Você é argentino?

O rapaz o olhou um pouco humilhado, e um pouco irritado também: seu sotaque traía claramente o fato de que vinha da Espanha.

— Não, venho de La Coruña. Cheguei a Buenos Aires há seis meses. Por quê?
— Por nada.
Vicente lhe perguntou se onde ele se alojava havia telefone, e anotou o número. Depois, acompanhou-o até a porta dizendo-lhe que daria notícias. O que, ele sabia, jamais faria. Vicente olhou um bom tempo para o rapaz muito muito moreno atravessando a rua, afastando-se e se virando, surpreso com a atitude singular daquele improvável patrão, depois mandou entrar na loja o rapaz muito muito louro. O rapaz muito muito louro se sentou muito muito naturalmente diante dele e lhe agradeceu balançando a cabeça. Vicente o contemplou em silêncio: estava muito bem-vestido, tinha lábios finos e um fino bigode. Em suma, uns dez ou quinze anos mais moço, mas parecido com ele. E, ao primeiro olhar de relance, Vicente o escolheu para o posto de vendedor. Não sabia muito bem por que o escolhera de imediato, mas algo nele, além da semelhança, lhe agradava enormemente.
— Já trabalhou como vendedor?
O rapaz louro balançou de novo a cabeça, mas não respondeu. Vicente insistiu:
— Já vendeu móveis?
O rapaz, primeiro, lhe ofereceu um magnífico sorriso, mas ainda sem emitir nenhuma palavra.
— Você não fala espanhol, não é?
Timidamente, o rapaz balançou a cabeça, mostrando que o sentido da pergunta não lhe escapara. Vicente compreendeu e perguntou de novo, em alemão, se ele já tinha trabalhado numa loja de móveis.
— Jamais.
— Em que trabalhava antes?
— Nunca trabalhei.
O rapaz louro, mais uma vez, lançou-lhe seu magnífico sorriso. Um sorriso absolutamente desarmante.

Chamava-se Franz. E vinha de Bremen. Fugira da Alemanha com os pais e chegara a Buenos Aires três semanas antes. E, embora parecesse ter entre vinte e cinco e trinta anos, tinha apenas dezoito. Vicente o contratou na mesma hora. Já no dia seguinte o rapaz começou a trabalhar, isto é, começou a esperar eventuais clientes na porta da loja. Sentado atrás de sua escrivaninha, Vicente o olhava andar pela loja. Sentia-se muito tranquilo em ser assim ajudado a não fazer nada. Além disso, quando os clientes eventuais, depois de espiarem a vitrine, e seduzidos pelo magnífico sorriso silencioso de Franz, acabavam entrando na loja, no mais das vezes saíam com compras que bastavam amplamente para justificar o magro salário que ele propusera ao rapaz e que o rapaz aceitara correndo.

Ao olhar para ele, Vicente às vezes se perguntava por que razão o contratara, ou melhor, por que razão o escolhera tão naturalmente, ao primeiro olhar. Só algum tempo depois, na manhã da segunda-feira 9 de dezembro de 1940, quando já fazia três anos que Franz trabalhava na loja e que seu sorriso atraía mais e mais clientes, é que Vicente iria, pela primeira vez, inquietar-se com o fato de o rapaz ser ou não judeu. Pudico, jamais se atrevera a lhe fazer a pergunta. Mas naquele dia, de repente, compreendeu que, ao vê-lo, imediatamente pensara: é um rapaz alemão. E que o escolhera unicamente por essa razão. Compreendeu que o escolhera unicamente por essa razão que, meses mais tarde, o faria recusar qualquer coisa que pudesse ser qualificada com esse adjetivo.

Naquela segunda-feira 9 de dezembro de 1940, um pouco mais tarde, Ariel passara para buscar Vicente e levá-lo para almoçar no El Imparcial, um velho restaurante não muito longe de sua loja de móveis. Fazia três semanas que Vicente não ia a seu tradicional encontro na sexta-feira à noite, no Tortoni, e, depois de ter conversado sobre isso com Sammy, Ariel resolvera que era hora de saber que bicho poderia ter mordido o amigo deles.

Mal entrou na loja, depois de cumprimentar o jovem Franz, que se postava na soleira da porta, reto como um palito de fósforo e sorrindo com seu sorriso resplandecente, Ariel observou que Vicente estava diferente, como se algo ao mesmo tempo óbvio e imperceptível tivesse modificado suas feições: uma certa lassidão parecia torná-lo ainda mais distante, ainda mais evanescente que de costume. Ariel não disse nada. Tinha dado uma volta pela loja, olhado os móveis novos, se preocupado com o custo do novo empregado, e depois saíram, andando até a esquina das ruas Victoria e Salta, onde ficava o restaurante.

O centro de Buenos Aires, como sempre na hora do almoço, estava barulhento, transbordando de homens apressados, vendedores ambulantes e mulheres bem-vestidas que entravam e saíam das lojas. Cavalos arrastando sacos de lixo se misturavam aos carros, no meio da rua, e, apesar do calor sufocante, quase todos os homens, e a maioria dos meninos, vestiam terno e gravata, e muitos também, como Ariel e Vicente, usavam chapéu. O salão do El Imparcial estava lotado e os acomodaram a uma mesa bem no centro da sala, apertada entre outras mesas onde as conversas animadas comentavam tanto os jogos de futebol da véspera (Boca Juniors, primeiro na classificação, vencera por 5 a 2 o segundo, Independiente, e, embora ainda faltassem duas rodadas do campeonato, já tinha garantido o título) como a tentativa dos Estados Unidos de negociar com os países da América do Sul um acordo militar a fim de se defenderem conjuntamente em caso de agressão externa ao continente. Mas os argentinos desconfiavam dos uruguaios, e os uruguaios desconfiavam dos paraguaios, e os paraguaios, por sua vez, desconfiavam dos chilenos, que por sua vez desconfiavam dos argentinos... Em resumo, os esforços diplomáticos de Roosevelt não pareciam estar prestes a dar certo.

Faminto, Ariel agarrou o cardápio e propôs a Vicente dividir uma paella, mas Vicente estava tão concentrado na conversa política dos três homens de negócios que almoçavam na mesa à sua direita que Ariel, sem esperar a resposta, finalmente aceitou a sugestão de Gastón, o garçom, de pedirem uma porção de presunto, um arroz negro com tinta de lula para dois e uma garrafa de Rioja. Vicente se desviou da mesa dos homens de negócios e seu olhar se fixou no jornal que acabava de ser largado pelo homem sozinho que tomava café na mesa à sua esquerda. Perguntou com um gesto se podia apanhá-lo e percorreu rapidamente a seção dedicada à política internacional. Exceto pelas notícias sobre a iniciativa diplomática norte-americana, eram informações sobre a evolução da situação na Grécia e no Pacífico Sul que ocupavam quase todas as páginas. Inquieto, e sem tirar os olhos do jornal, Vicente se dirigiu ao amigo:

— Você sabe que eu não leio muito os jornais, mas você... soube alguma coisa? Quer dizer, soube alguma coisa sobre o que está acontecendo conosco?

— Conosco?

Fazia muito tempo que Ariel não ouvia Vicente se referir à Polônia nesses termos.

— Sim, conosco — respondeu Vicente com um sorriso.

Vicente compreendia perfeitamente o espanto do amigo e não precisaram, nem um nem outro, esclarecer essa pequena confusão que, com um simples olhar, cedera sob o peso da cumplicidade entre eles.

— Parece que em Varsóvia também começaram a construir um muro...

— É, como em Łódź. Começam a fazer isso por todo lado. Quando não é uma paliçada, são fios de arame farpado. E conosco, em Varsóvia, é pura e simplesmente uma muralha!

Ariel lia todos os jornais. Tanto os jornais argentinos como os raros jornais europeus e norte-americanos que chegavam a Buenos Aires, frequentemente com muitas semanas de atraso. E também tinha seus contatos nas redações dos grandes diários da capital, como *Crítica* e *La Nación*, além de um primo, Alejo Muchnik, que escrevia para *La Idea Sionista*, um dos jornais da comunidade judaica de Buenos Aires. No início do verão austral do ano de 1940, muita gente ouvira falar das medidas antissemitas tomadas pelos nazistas para expropriar os judeus, e depois confiná-los em certos edifícios, e, através do Governo Geral da Polônia, tinham ouvido falar dos primeiros comboios enviados, assim como do gueto de Łódź e do muro que haviam começado a construir para isolar o bairro judeu de Varsóvia, mas quase no mundo todo se ignorava o que era de fato a vida nos guetos. Quanto a Vicente, embora judeu e polonês, ainda era menos bem informado que a maioria das pessoas, até mesmo que os argentinos, que, nascidos na Argentina, nunca tinham posto um pé na Europa. Soubera, é claro, que no mês de setembro de 1939 os alemães invadiram a Polônia. E não ignorava a que ponto os alemães, com a mesma tenacidade que os poloneses ou os russos, decênios antes e de uma maneira terrivelmente mais institucional desde 1933, eram profundamente antissemitas. Mas nunca tinha propriamente desejado se render à evidência do perigo que corriam sua mãe e seu irmão, que ainda viviam em Varsóvia, e sua irmã, que conseguira fugir com o marido para a Rússia. O muro que os alemães haviam acabado de construir para isolar os judeus em Varsóvia delimitara uma zona de apenas um pouco mais de três quilômetros quadrados, onde iriam viver mais de quatrocentas mil pessoas. Quatrocentas mil pessoas em alguns poucos quarteirões. Quarenta por cento da população da cidade em quatro por cento de sua área. Cento e vinte e oito mil habitantes por quilômetro quadrado. Isto é, uma densidade seis vezes maior que a de Paris intramuros de hoje em dia. Uma densidade três vezes mais importante que a de Dacca, a cidade mais densa do mundo.

 Num primeiro momento, os alemães tinham forçado todos os judeus que moravam nos diferentes bairros de Varsóvia a se mudar para o gueto. Depois, foi a vez de todos os judeus que viviam nas aldeias dos arredores. As ruas pululavam de gente. Em sua maioria, as pessoas viviam amontoadas umas sobre as outras. Em dois anos, naquele inferno superpovoado, cem mil pessoas iriam morrer de frio e de fome. Cem mil pessoas iriam morrer antes das deportações e dos fuzilamentos, antes que começassem a levá-las, à razão de alguns milhares por dia, para aqueles campos onde os nazistas conseguiriam fazer da morte uma mecânica puramente industrial.

Antes do início da guerra, Vicente sempre se negara a ler as notícias da Europa. Sempre preferira não comentá-las. E durante a *"drôle de guerre"*, entre o mês de setembro de 1939 e o mês de maio de 1940, até costumava dizer que todas aquelas histórias eram aberrantes, que os jornais certamente deviam "mentir um pouco". Depois, começara a pensar, sem forçosamente dizer aos amigos, que de qualquer maneira não adiantava nada saber, estar informado: era possível fazer alguma coisa a doze mil quilômetros de distância? Quanto à ideia de retornar à Polônia para lutar, tudo bem, já tinham lhe armado essa cilada uma vez, ele não estava prestes a recomeçar. Lutara, e até conseguira se tornar capitão do Exército polonês. Mas depois, na universidade, vira muito bem como seus colegas lhe agradeceram por ter libertado a pátria deles: com insultos, chamando-o de "judeu", como se ser judeu o impedisse de ser polonês. Então, o que significava, agora, voltar e lutar pelos seus? Aliás, agora, o que seria isso, "os seus"? Em 1940, Vicente talvez não soubesse se era judeu ou argentino, mas sabia que já não era suficientemente polonês para lutar, como lutara, em defesa daquele país.

— Lembra da Deborah?... Mas claro que sabe, aquela amiga da minha irmã que se casou com Nathan, o dentista de Poznań... Ela lhe escreveu dizendo que o apartamento deles foi requisitado e que agora moravam em doze num só aposento...

Vicente escutou o amigo lhe desfiar algumas notícias que garimpara aqui e acolá a respeito da vida no gueto. Ariel lhe disse que se temia o início de epidemias, que se falava em tuberculose, tifo, e que alguns até diziam que os alemães tinham resolvido matar os judeus de fome. Vicente o escutou sem proferir uma só palavra, mas com uma tristeza infinita, um desespero silencioso que Ariel demorou a notar.

— Tudo bem, Wincenty?

Vicente respondeu dando de ombros. Terminaram o arroz, tomaram cafés, e, quando saíram do restaurante, Ariel novamente fixou os olhos no rosto do amigo.

— Tem certeza de que está tudo bem? Não posso fazer alguma coisa? Não sei, você está parecendo um pouco...

Vicente não o deixou terminar a frase. Tranquilizou-o com um minúsculo gesto de cabeça e partiu para a loja. Ariel o observou se afastar, indagando se, afinal, alguma coisa não teria acontecido, se não haveria uma razão especial que justificasse o amigo ter passado todo o almoço ainda mais calado do que era, desde o início da guerra.

Ariel olhou Vicente andando devagar e dobrando lentamente a esquina da rua, e depois, impotente, acendeu um cigarro, se virou e, sempre perturbado com a atitude do amigo, foi andando para casa. De seu lado, Vicente continuou, sempre tão lentamente, a subir a rua em direção à loja. Continuou andando, obcecado por seus pensamentos. Pois Ariel tinha razão: de fato, algo se passara, algo sobre o qual Vicente nada lhe dissera, alguma coisa que ele ainda não havia contado a ninguém, alguma coisa que modificara o olhar que ele fixava no jovem Franz e que o tornara ainda mais sibilino do que antes. O que Vicente não tinha contado ao amigo? Que, antes que ele fosse para a loja na manhã da segunda-feira 9 de dezembro de 1940, um fato viera confirmar a apreensão que sentia havia algumas semanas, essa apreensão que ele mantivera afastada do Tortoni e dos amigos, essa apreensão nascida das raras notícias que ouvira por acaso no rádio, no café e na banca de jornal da esquina da rua: o carteiro lhe entregara uma carta postada em Varsóvia, com selos alemães e carimbos da águia guerreira — um envelope no qual reconhecera imediatamente a letra de sua mãe.

Meu querido,

Obrigada pelos dólares. Talvez você tenha ouvido falar do grande muro que os alemães construíram. Felizmente a rua Sienna ficou dentro, o que é uma sorte, pois senão teríamos sido obrigados a abandonar o apartamento e nos mudar. Assim, pelo menos, conseguimos evitar que ele seja requisitado. A vida não está fácil, mas a gente se organiza. O problema é a multidão. Trouxeram muitos judeus dos outros bairros. Eles enchem as ruas de tristeza. Podemos dizer que tivemos sorte. Mesmo que, como para todo mundo, seja uma dificuldade encontrar o que comer. Tive de vender as joias que me sobravam e o mantô de pele com que seu pai me presenteou nos meus quarenta anos. Lembra-se dele? Envie-nos tudo o que puder. Seu irmão manda um beijo. Pede que você lhe escreva.

Tua mãe que te ama

Vicente respondeu imediatamente à mãe. Apesar de sua terrível preocupação, escreveu-lhe palavras que pretendiam tranquilizá-la. Propôs-lhe o que também já havia proposto cinco anos, e três anos, e dois anos antes, logo antes do início da guerra: que viesse juntar-se a ele na Argentina. Todas as vezes, apesar dos pogroms de 1935 e 1936, apesar da ascensão do antissemitismo em toda a Europa, ela recusara. Recusara porque Berl e Rachel não queriam sair da Polônia e porque não queria se afastar deles. Vicente sabia que, quanto à irmã, seria impossível convencê-la, já que estava casada com aquele comunista que acreditava que ia mudar o mundo com os russos. Mas quanto a seu irmão mais velho, Berl, que se casara com uma mulher que também era médica e acabava de ter um filho, Vicente pensava que a mãe conseguiria persuadi-lo a ir encontrá-lo em Buenos Aires, com a família. Vicente não conseguia compreender por que sua mãe se recusava a ver que o futuro era aqui, na América, não na Europa. Dessa vez, com palavras mais doces do que as empregadas na época, Vicente lhe escreveu dizendo que sabia que agora tinha se tornado difícil, mas que depois da guerra esperava que todos viessem juntar-se a ele. Ela, Berl, a mulher, o filho e até Rachel, que já partira para a Rússia. Escreveu-lhe dizendo que cuidaria de tudo. De tudo.

Depois do almoço, Vicente passou a tarde na loja. Teve dois fregueses, um homem sozinho e um casal com filhos. Atraídos pelo sorriso radioso de Franz, compraram vários móveis. Para os negócios, foi um bom dia. Mas Vicente não conseguia mais pensar em nada que não fosse sua mãe. Detalhes de seu rosto, de suas mãos, a entonação de sua voz e certos gestos, como o modo de se pentear, tinham-lhe voltado abruptamente à memória. Ele deixou Franz fechar a loja e voltou cedo para casa. Andou lentamente e parou no balcão de um bar para reler a carta. "Como para todo mundo, é uma dificuldade encontrar o que comer." Depois, seguiu seu caminho, com o envelope na mão. "Eu deveria ter insistido mais. Deveria ter lhe repetido o tempo todo, todas as semanas, em cada carta. Jamais deveria tê-la deixado ficar em Varsóvia." Vicente chegara à Argentina em 1928, quase treze anos antes. Fugira da Polônia por motivos complexos, variados, imensos, terríveis — motivos que, depois de ter lido a carta da mãe, lhe pareceram de súbito absolutamente fúteis.

Quando chegou em casa, Rosita acabara de pôr as crianças no banho e mal tinha começado a preparar o jantar. Vicente deu uma olhada no pequeno apartamento em que viviam havia alguns meses. Por que aquele salãozinho com seu sofazinho dando para aquele balcãozinho, por que aquela salinha de jantar com sua mesa redonda de madeira escura e seu bufê ainda mais escuro, por que aquela cozinha pequena cujos azulejos brancos eram alegrados por um friso de ladrilhos azuis, por que aquele corredor estreito dando para o quartinho das crianças e para o quartinho deles — por que aquele lugar insignificante se tornara o primeiro lugar que, em toda a sua vida, ele contemplara como um lar? Sem procurar uma resposta para essa pergunta, sem sequer ter tido consciência clara de que acabava de formulá-la, Vicente se virou para a mulher, que saíra da cozinha e se aproximava dele. E olhou para ela sem dizer uma palavra.

— Tudo bem?

Rosita notou seu jeito estranho.

— Você está parecendo...

Como única resposta, Vicente lhe deu um minúsculo sorriso. Rosita o ajudou a tirar o paletó e, colocando-o no cabide, observou a carta que despontava do bolso. Preocupada, pegou o envelope e contemplou a letra tão especial, tão aplicada, de Gustawa.

— O que ela lhe diz?

— Nada de especial... Mais tarde traduzo para você.

Rosita não insistiu. Pôs a carta sobre uma estante e, sem uma palavra, envolveu o marido nos braços. Sem uma palavra, apertou-o contra si. Sem uma palavra, beijou-o na testa, nas pálpebras, nas faces. Depois, como as crianças tivessem subitamente começado a chamá-la, aos berros, pegou-o pela mão e forçou-o a acompanhá-la até o banheiro.

Martha, Ercilia e Juan José estavam, os três, dentro da banheira. Tinham brincado de jogar água um no outro e por todo lado. E Juan José estava com sabão nos olhos. Ao verem o pai, surpresas, as meninas logo pararam de gritar. Vicente se agachou ao lado da banheira e as beijou; e enquanto Rosita voltava para a cozinha para preparar o jantar, arregaçou as mangas da camisa para se ocupar de Juan José.

— E se em vez de jantar em casa a gente fosse a Las Cuartetas?

A água estava quase fervendo e Rosita, que já tinha aberto a caixa de papelão com os raviólis comprados na fábrica de massas que ficava na esquina, não pôde deixar de fazer um pequeno muxoxo de irritação diante da proposta do marido. Mas Martha e Ercilia, enroladas nas toalhas, logo deram um gritinho de alegria com a ideia de irem jantar fora, e o rosto de Juan José, que Vicente segurava no colo, sem que ele entendesse realmente a situação, se iluminou com um sorriso tão grande ao ver a excitação das duas irmãs mais velhas que Rosita, segundos depois, foi obrigada a concordar e, por sua vez, também sorrir. Ela ajudou as crianças a se vestirem, enquanto Vicente trocava de roupa, e quinze minutos depois já saíam do edifício da rua Paraná.

Caíra a noite e o ar começava enfim a refrescar. Rosita, Vicente e as crianças se dirigiram para a avenida Corrientes, e em seguida a desceram no meio da multidão. Aureolados pelas luzinhas das bancas de jornal e pelas dezenas de letreiros luminosos dos teatros e das livrarias, caminharam até Las Cuartetas, essa pizzaria que abrira três anos antes e já começava a ficar famosa. Vicente carregava o filho nos ombros e Rosita segurava pela mão as duas filhas. Enquanto andava, Vicente resumiu rapidamente para a mulher a carta de sua mãe. E repetir aquelas palavras, por desagradáveis que fossem, o ajudou, se não a esquecer o sentimento de culpa que ele jamais conseguia apagar de vez do coração, ao menos a recuperar inteiramente aquele bom humor que as crianças já em parte tinham lhe restituído quando chegara ao apartamento. Rosita o tranquilizou dizendo que, pelo menos, ele tivera notícias, finalmente, e que, além disso, a guerra não duraria para sempre, e um dia, *ojalá*, Gustawa poderia enfim vir se instalar com eles em Buenos Aires. Vicente concordou. Sabia que essas palavras suaves de sua mulher também escondiam críticas. Alguns anos antes, Rosita lhe aconselhara, se realmente queria que a mãe fosse morar com eles, a escrever ao irmão e à irmã, ou então a ir buscá-la. Mas Vicente nada fizera. E até lhe confessara que, desde que chegara à Argentina, havia compreendido que o exílio lhe permitira, também, tornar-se independente, e que não tinha muita certeza de querer viver com ela de novo. Afastar-se da mãe, em 1928, o aliviara tanto — estar longe dela, hoje, o torturava tanto.

Vicente e Rosita continuaram a andar e mudaram de assunto. Depois de conversarem sobre a escola da filha mais velha e a professora, que Vicente não considerava "à altura", Rosita anunciou ao marido que desejava, assim que o filho estivesse na idade de entrar no primário, retomar os estudos de farmácia que interrompera quando se casaram.

— Mas para fazer o quê? A loja começa a funcionar bem. Esta tarde, vendemos um sofá e uma sala de jantar completa, com oito cadeiras! Ganho dinheiro suficiente... Sempre ganharei dinheiro suficiente. Você não precisa se preocupar.

— Mas não me preocupo! Só que tenho vontade de retomar os estudos.

Rosita olhou um momento para o marido, em silêncio, e diante de seu ar desconsolado acrescentou, num tom muito mais suave:

— Não agora. Não há urgência, não estou apressada. Mas um dia... um dia bem que gostaria, um dia...

Rosita não terminou a frase. Não era necessário: Vicente entendeu.

— *Mi Rusita...*

"Minha russinha." Com a maior doçura, ele lhe sorriu e apenas pronunciou esse apelido que dera a ela, mudando uma única letra de seu nome, pouco depois de tê-la conhecido. Em seguida, como ela estava com as duas mãos agarradas nas das filhas, em vez de pegar a mão da mulher, ele pegou a mão da filha mais velha e os cinco continuaram a andar juntos, ainda mais unidos que antes. Tinham atravessado a interminável avenida 9 de Julio e chegado à pizzaria. Fizeram fila entre uns vinte homens de terno e gravata que aguardavam na entrada, e esperaram novamente diante do balcão. E, antes de se sentarem a uma das mesinhas de mármore, pediram uma grande "musarela", uma pequena "fugaza", três partes de "fainá", uma limonada que as meninas iriam dividir e uma garrafa de cerveja, uma Quilmes de um litro de que Vicente beberia três quartos. Para agradar às crianças, enquanto comiam, e embora ainda faltassem três semanas para a viagem, Vicente começou a falar das férias de verão. Propôs, em vez de irem a Mar del Plata com os pais de Rosita, como no ano anterior, irem a Piriápolis, no Uruguai. Como os dois destinos eram igualmente apropriados para as alegrias da infância, isto é, para os jogos de praia e as diversas atividades que enchiam os fins de tarde e as noites, todo mundo aceitou com entusiasmo.

— Essa não!

Vicente acabara de manchar de molho de tomate a gravata creme e a camisa branca. Rosita imediatamente pegou um guardanapo para limpar.

— Mas decididamente!... Que ideia se vestir tão chique para ir comer uma pizza.

As meninas riram, e Vicente se justificou:

— Sempre se deve estar bem-vestido quando se sai de casa. Para qualquer eventualidade. Nunca se sabe quem podemos encontrar...

Como as filhas o encararam, espantadas, Vicente se virou para elas e esclareceu:

— Além disso, também é sinal de cortesia para todas as pessoas com quem cruzamos e não conhecemos. É bom mostrar-lhes que fizemos um esforço, um esforço destinado a elas. É a mesma coisa que se comportar bem quando se come, não é só para si mesmo que a gente faz isso...

Vicente pegou a gravata nas mãos e, para fazê-las rir, acrescentou:

— Não é só para não se sujar... É sobretudo para as outras pessoas que estão em volta da mesa.

A chegada providencial do garçom, que trazia duas *zuppa inglese*, essa outra especialidade do lugar pela qual todos brigavam tanto quanto pelas pizzas, marcou o fim do curso de boas maneiras que Vicente começara a dar — e que ele foi o primeiro, alegremente, a desrespeitar, jogando-se em cima de uma das duas sobremesas para devorar a metade fazendo ruídos de um porco. Bem depressa todos se precipitaram com sua colherzinha para pegar uma porção da *zuppa inglese*, e os risos recomeçaram em torno da mesa.

Mal terminou sua porção de sobremesa, Vicente contou à mulher o desejo de, assim que a loja "funcionasse" sozinha, procurar um bom fornecedor de móveis New Style para não se limitar a vender unicamente os móveis rústicos fabricados pelo sogro.

— Mas eu não entendo. Você acaba de dizer que eles estão vendendo cada vez mais.

— Sim, e evidentemente não quero parar, mas... mas seria bom que a loja também se tornasse... como dizer?... outra coisa. É uma boa localização, há muita gente passando, e Franz me ajuda enormemente, tenho certeza de que poderíamos atrair uma clientela bem mais requintada...

Rosita terminara a *zuppa inglese* das crianças, sorrindo: seu pai "abrira" a loja para Vicente a fim de que vivessem bem, e era um imenso presente, pelo qual Vicente, demasiado orgulhoso, jamais agradecera realmente. Mas ela também gostava que Vicente quisesse outra coisa, quisesse sempre mais do que a vida (ou o pai dela) lhe oferecia. Era por isso, por essa grandeza divina, por essa ambição natural de que nunca se vangloriava mas que o habitava como a avidez habita os avarentos, que ela o admirava tanto.

— Como assim, *temos* de ir ao bar mitzvá do filho de Esther?
— Sim, domingo que vem. Eu já te lembrei duas vezes na semana passada.
— Ah, bom, tem certeza?... Que ideia continuar a festejar esses negócios!

Assim que saíram da pizzaria e pegaram o caminho da rua Paraná, Rosita lembrou ao marido essa obrigação familiar que ela sabia perfeitamente que ele acharia absurda.

— Por que é que você pensa que é uma ideia tão estapafúrdia? É normal festejar isso... Somos argentinos, mas mesmo assim continuamos a ser um pouco judeus, não acha?
— Judeus?!... Mas a gente não faz mais nada como judeus... Até os seus pais, apesar do sotaque de cortar a faca, preferem falar entre si em espanhol e não em iídiche! E nem eles nunca mais usaram a quipá! E faz muito tempo que esqueceram o goulash, o borsht e o guefilte fish! Só comem carne, pizzas e massas, como nós, como todos os argentinos!

Rosita logo deixou morrer essa discussão inútil. Pensara várias vezes que havia se casado com um homem que, embora tivesse nascido judeu, rapidamente se tornara polonês, e depois, com igual rapidez, argentino. E o amava também por isso. Além do mais, sabia que de qualquer maneira ela iria com as crianças ao bar mitzvá do filho de sua irmã... e que havia fortes chances de que Vicente resolvesse, enfim, acompanhá-los.

Enquanto Juan José já dormia sossegado no colo do pai, e Martha e Ercilia, felizes, andavam de mãos dadas em silêncio, Vicente e Rosita continuaram conversando sobre a vida de todo dia, desentendendo-se com ternura, como um casal que nada nem ninguém poderia jamais separar.

As férias de verão correram bem. Vicente, Rosita e as crianças tinham voltado de Piriápolis para Buenos Aires e a vida retomara seu curso. Seu curso... seu curso, como dizer? Seu curso calmo? Regular? Familial? Familiar? Não, a vida retomara *inevitavelmente* seu curso. Inevitavelmente Rosita retomara a arrumação, a cozinha, a passagem a ferro. Inevitavelmente as meninas retomaram o caminho da escola. Inevitavelmente Vicente retomara o trabalho na loja de móveis. A vida retomara inevitavelmente seu curso — mas o que poderia transcorrer naquele mês de março de 1941 em Buenos Aires, quando as notícias que chegavam da Europa eram cada vez mais trágicas?

Em Piriápolis, durante os meses de janeiro e fevereiro, Vicente passara a ler assiduamente os jornais, e as notícias da Polônia acabaram transformando o amor que ele sentira por aquele país num ódio profundo, pérfido, penetrante, que começara a lhe devorar as entranhas e que ele, se ainda custava a confessar aos outros, já confessava a si mesmo. Esse ódio que começava a sentir pela Polônia e pelos poloneses por motivos ainda inexplicáveis (na época, os poloneses católicos sofriam tanto quanto os judeus com a ocupação alemã) sentia igualmente, e ainda mais, pela Alemanha e pelos alemães. Hoje em dia, vindo de um judeu polonês, isso poderia parecer perfeitamente natural. Mas para ele não era nada natural. Durante seus anos de liceu em Varsóvia, Vicente descobrira e adorara a poesia alemã. Não só Goethe, Schiller, Hölderlin, Novalis e Heine, mas também Mörike, Nikolaus Lenau e outros poetas românticos menores. Até pensara, em 1924, em prosseguir os estudos em Berlim. Aos vinte e dois anos, sua língua natural, a que usava o dia inteiro, era o polonês, que ele falava perfeitamente, sem aquele sotaquezinho cantante que ainda tinha quando chegaram de Chełm a Varsóvia, mas Vicente já falava alemão melhor que sua verdadeira língua materna, o iídiche. Durante o primeiro ano de universidade, seus colegas costumavam zombar daquela paixão pela literatura e pela língua alemãs, e Vicente defendia esse amor com uma fibra precocemente europeia: à paixão pela Alemanha somava-se uma curiosidade amistosa pela França, Itália, Espanha, Inglaterra. Podia discorrer horas sobre as características de cada um desses países, sobre o interesse de cada uma dessas culturas. Mas no fundo de si, a Polônia continuava a ser sua pátria, e a Alemanha, um possível paraíso.

A partir daquele triste mês de março de 1941, Vicente sentiria um duplo ódio de si mesmo: passaria a se detestar por ter se sentido polonês e a se detestar mais ainda porque quisera ser alemão. Iria experimentar um duplo ódio de si mesmo que o fato de se sentir judeu jamais conseguiria aliviar. "Por que até hoje fui criança, adulto, polonês, soldado, oficial, estudante, casado, pai, argentino, vendedor de móveis, mas nunca judeu? Por que nunca fui judeu como sou hoje — hoje, em que não sou mais que isso?" Como todos os judeus, Vicente pensara que era muitas coisas, até que os nazistas lhe demonstrassem que o que o definia era uma só coisa: ser judeu. Em Varsóvia, Vicente fizera parte daquela burguesia esclarecida que se fartava de ser judia se ser judeu significava se vestir sempre de preto e ser um pouco mais arcaico do que o vizinho. Ser judeu, para ele, nunca fora muito importante. No entanto, ser judeu, de repente, se tornara a única coisa que importava. "Mas por que sou judeu? Por que, hoje, sou apenas isso? Por que não posso ser judeu e continuar a ser tudo o que era antes?"

Uma das coisas mais terríveis do antissemitismo é não permitir que certos homens e certas mulheres deixem de se pensar como judeus, confiná-los nessa identidade mais além de sua vontade — é decidir, definitivamente, quem eles são. Vicente não sentia que tinham lhe dado alguma coisa, que tinham lhe aberto o espírito, que o tinham esclarecido sobre o que ele era ou sobre quem ele era. Jamais dizia a si mesmo: Ah, pelo menos agora sei que sou judeu! Vicente, como muitos judeus, começava simplesmente a compreender que o antissemitismo precisa de semitas para existir, começava a se dar conta de que se um antissemita se define como tal, não consegue tolerar que um semita não se defina ele mesmo pelo que é.

Não foi por acaso que o problema de definir o que poderia ser, exatamente, "ser judeu", mergulhou durante anos a administração nazista em tormentos inesperados. E não é por acaso que esse problema nunca foi totalmente resolvido. Será que um judeu que não é religioso é tão judeu como um judeu que tem fé? Será que um judeu cujos pais ou avós não são todos judeus é realmente judeu? Deve-se admitir que existe uma "terceira raça", ou os judeus "parciais", os "um quarto judeus", e que os judeus "pela metade e em três quartos" são tão nocivos como os judeus "inteiros"? E o que é um judeu que não tem aparência judia, que não tem o jeito astuto, que não tem cabelos pretos, que não tem nariz adunco? E que dizer dos judeus convertidos ao cristianismo ou dos judeus que se casaram com uma alemã, ou das judias que se casaram com um alemão? Nunca saber de fato o que era exatamente essa qualidade — ou, como diria um antissemita (ou um judeu que tem humor), esse defeito — não impediria, porém, a administração nazista de refletir em como expropriar os judeus, e depois, como concentrá-los, e depois, como deportá-los, e depois, enfim, como exterminá-los.

Compreender exatamente por que, naquele momento exato da história, os antissemitas alemães precisaram não só definir os judeus, não só expropriá-los, não só concentrá-los, não só deportá-los, mas destruí-los porque eram judeus não é fácil. Mas é inegável que os nazistas não matavam os judeus porque eram poloneses, velhos, inúteis, louros, casados, solteiros, mancos ou porque tinham mau hálito: matavam-nos porque eram judeus. Em 1941, ser judeu se tornara, graças aos que tentavam exterminá-los, a condição fundamental de milhões de pessoas que, como Vicente, jamais tinham conferido grande importância a essa caracterização, a esse pertencimento meio religioso, meio étnico, e três quartos qualquer coisa. Em 1941, ser judeu se tornara uma definição de si que excluía todas as outras, uma identidade única: aquela que determinava milhões de seres humanos — e que devia, igualmente, terminá-los.

Vicente recomeçara a ir ao Tortoni toda sexta-feira, e no sábado também, às vezes. Assim que fechava a loja, encontrava seus amigos por lá. E agora as conversas com Sammy e Ariel giravam sempre em torno do assunto que ele tanto procurara, antes do verão, evitar: a situação na Europa. No mês de março de 1941, um amigo de Ariel, François Martin, um francês exilado em Buenos Aires que trabalhava no Ministério das Relações Exteriores até que o presidente Lebrun nomeasse o marechal Pétain para chefiar o governo, lhe falara daquela fantasia (a qual ele ignorava que os nazistas tinham acabado de abandonar) que consistia em querer enviar um milhão de judeus por ano para Madagascar. A verdadeira ideia desse projeto, o Madagaskar Projekt, elaborado pelos alemães, sobretudo nos meses de maio e junho de 1940, era conseguir que a França lhes cedesse a ilha de Madagascar para se livrarem dos judeus, constituindo uma ilha-gueto, uma reserva judia que teria à frente um governador ss e cujos habitantes poderiam servir de reféns para garantir o bom comportamento de seus companheiros na América. Mas a maneira como os nazistas tinham "vendido" a ideia para a França podia dar a pensar que buscassem, simplesmente, constituir ali um Estado judeu, e foi desse jeito que François Martin contou a história a Ariel.

— Na verdade, o que os alemães querem fazer não é muito diferente do que quer fazer o seu primo Alejo na Palestina...

— Sim, Sammy, salvo que meu primo e seus amigos de *La Idea Sionista* querem que todos partam para a Palestina para ficar juntos — e felizes. Não tenho certeza de que seja o caso dos nazistas...

— É, pode ser, não sei muito bem... Em todo caso, não vejo nem de longe o que eu faria nos confins da África, sobretudo cercado de pessoas como vocês!

Ariel sorriu diante dessas palavras proferidas por Sammy, e depois retomou o fio de seu pensamento:

— Eu também não, jamais gostaria de viver num país onde só houvesse judeus. Mas o problema não é esse. O que eu quis dizer é que é ridículo imaginar isso. É absurdo querer nos definir dessa maneira. Tecnicamente somos judeus. Mas na prática não somos. O fato de nossas mães serem judias pode significar, para alguns, que também somos, o que não impede que para outros isso possa não querer dizer nada. Aliás, imagine a que ponto essa definição é ridícula: se me caso com uma *goy*, meus filhos não serão judeus, mas se eles, por sua vez, por mais *goym* que sejam, se casarem com uma judia, terei netos judeus! Isso não é aberrante?

Como sempre, Ariel tinha uma opinião muito clara sobre o assunto.

— E daí? — perguntou Sammy.

— Daí, mais nada. E é absolutamente terrível. Há um troço absolutamente monstruoso nisso.

— Não vejo o quê... a não ser o fato de imaginar a pobre mulher que aceitaria se casar com você!

— Muito engraçado... O que é monstruoso é que ser filho de uma francesa ou de uma italiana ou de uma espanhola não faz de você, necessariamente, francês, italiano ou espanhol, não é? Mas se você é filho de uma judia será, para alguns, inevitavelmente judeu, mesmo se não quiser.

Sammy nunca tinha se feito muitas perguntas sobre sua identidade. Aceitava-a sem saber muito bem o que era. Ariel, em compensação, jamais suportara que lhe dissessem o que quer que fosse sobre sua própria pessoa. Então, que lhe digam o que ele era inevitavelmente, o que ele seria eternamente... Os três homens estavam de pé em volta de uma das mesas de bilhar da sala dos fundos. Ariel e Sammy seguravam os tacos enquanto Vicente, encostado na parede, alisava a aba do chapéu com um gesto tão minucioso quanto monótono.

— E você, Wincenty? O que pensa de tudo isso?

— Não sei... Nos últimos tempos, mesmo que não saiba de verdade o que é isso, me sinto estranhamente cada vez mais judeu...

Sammy, que acabava de fazer uma carambola, virara-se para ele, intrigado. Ariel, de seu lado, o olhou com doçura, esperando a continuação. Mas, depois de ter soltado aquelas palavras enigmáticas, Vicente, como era tão comum ultimamente, se calou.

— Você se sente cada vez mais judeu?... O que quer dizer exatamente?

— Lembra-se de Paweł, no Exército?

Ariel aquiesceu. E Vicente se virou para Sammy a fim de lhe explicar.

— Paweł tinha mãe judia e pai cristão. E sempre dizia que era estranho, porque se lhe perguntavam se era cristão ele sempre dizia não, e a coisa parava por aí, mas se lhe perguntavam se era judeu ele dizia sempre não, e se sentia culpado.

Vicente fez mais uma pausa, como se esperasse que os amigos o ajudassem a esclarecer seu pensamento. Mas Sammy apenas sorriu e deu a volta na mesa, para acertar a próxima tacada, e Ariel acendeu um cigarro esperando que Vicente recomeçasse a falar. Vicente olhou para o amigo e, de repente, exaltado, como inebriado pelas frases que se formavam em sua cabeça, desenvolveu sua teoria num tom dos mais estranhos:

— É como se fosse isso a diferença. É como se ser cristão fosse pertencer a uma matilha em que todo mundo ridiculariza o que sentimos, enquanto ser judeu significasse aceitar uma origem, mas não para estar com outros, e sim para estar sozinho e infeliz. É como se essa origem judia fosse uma mala grande que temos que arrastar obrigatoriamente por toda a nossa existência. Uma mala grande cheia de velhos manuscritos com grafia ilegível... grafia ilegível de uma língua que nem sequer se fala! É como se ser judeu, porque isso não era uma nacionalidade, porque não tínhamos território, se tornasse algo como... como uma herança tão pesada... tão imensa... Como se de tanto nascer em territórios estrangeiros, devêssemos ter nos convencido de que o território não era importante, mas que alguma coisa de mais forte nos definisse — alguma coisa de mais forte, mas de muito mais doloroso, alguma coisa de inquebrantável que tornasse nossa identidade inelutável, irrevogável. No entanto, também, algo absolutamente impossível de partilhar.

Novamente Sammy parou de jogar. Como Ariel, olhava para Vicente, estupefato com a abundância de palavras que ele enunciara. Vicente, cada vez mais febril, e cada vez mais desesperado, quase à beira das lágrimas, continuou:

— E essa identidade inacreditável, dolorosa, absurda e incontestável também tem, ao mesmo tempo, algo de maravilhoso... Um povo sem Estado, uma maneira de sobreviver como se fôssemos realmente uma comunidade, mas uma comunidade que não é construída sobre reis, sobre uma língua, sobre uma terra partilhada ou sobre guerras que partilhamos no passado... nem sequer propriamente sobre um deus, pois já quase ninguém acredita nisso... mas apenas sobre alguns livros e um pequeno amontoado de lembranças que mal rememoramos...

— E também sobre a ideia estúpida de que alguém nos escolheu, não? Sobre a ideia de que um deus nos escolheu para alguma coisa. Embora ninguém saiba exatamente o quê.

Com o olhar sempre febril, Vicente pôs as duas mãos nos braços de Ariel.

— Sim, sim, é isso! É exatamente isso! Somos diferentes. Somos diferentes de tudo, somos diferentes de todos. Somos diferentes do que quer que seja. É a única coisa que conta. Somos o único povo sem Exército, sem Estado. E fomos eleitos, mas jamais soubemos realmente por que fomos eleitos. E fomos eleitos apenas para fazer a pergunta de por que fomos eleitos! É isso! Somos judeus. Eu sou judeu. Mas não sabemos o que é isso. Não sabemos absolutamente o que é isso. E o mais bonito e o mais triste ao mesmo tempo é que jamais deixaremos de perguntar, e jamais saberemos.

Vicente encarou o amigo. Seus olhos estavam tão ardentes que Ariel, assustado com sua exaltação, fez um gesto para acalmá-lo. Mas foi o riso brilhante e breve de Sammy que o tirou daquele estado de embriaguez nervosa. Vicente sorriu — e se refez. Acendeu um Commander e prosseguiu em tom frágil e hesitante:

— E... e não sei... creio... hoje creio que... que mesmo que seja belo e triste ao mesmo tempo, a gente pode, afinal, se orgulhar disso.

Vicente soltou os braços de seu amigo de adolescência, mas Ariel, agora achando graça daquela exaltação, passou sua mão de urso em seus ombros para mantê-lo perto de si. Sammy olhou para eles, sorrindo:

— Mas se conseguirem enviar todos os judeus para Magadascar, o que será de nós? O que é que vai nos distinguir?... Vamos ter um país, e vamos nos tornar como todos os outros, não?

— Para Ma-da-gascar — corrigiu Ariel.

— Se conseguirem, vai ser preciso mudar. Vai ser preciso que a gente aprenda a ser judeu de outra maneira, como se é polonês ou russo. Ou argentino. Como somos tantas coisas que, afinal, nunca são realmente alguma coisa. Coisas que não têm nenhuma importância, coisas que passam assim como passam as estações...

Depois dessas palavras um tanto ponderadas, Vicente deu seu minúsculo sorriso habitual para estimular Sammy a continuar falando.

— Concordo com você. Sempre me senti russo, tive certeza de que era russo... e então, seis meses depois que desembarcamos aqui, eu já tinha certeza de que não era mais russo e sim argentino. É como no futebol: quando chegamos, já que meu pai encontrou esse apartamentinho em Nuñez, virei torcedor do River. Ao passo que agora estou pronto para brigar com qualquer um a fim de defender as cores azul e dourado do Boca.

Vicente lhe agradeceu por essas palavras, balançando a cabeça, e depois se virou para Ariel:

— E você?

— Sim, eu também, concordo. Também poderia dizer que não sei nada... Judeu?... Não judeu?... Depende se minha mãe está por perto!... Então, quanto a Madagascar, com toda certeza não poderá contar comigo. É como as festas: é sempre mais divertido ir àquelas para as quais não fomos convidados.

Os três amigos tinham pedido mais três gins, e Ariel e Sammy recomeçaram a jogar bilhar enquanto Vicente terminava o cigarro. Ariel errou a bola, e Sammy enfileirou três carambolas seguidas e ganhou a partida. Ariel, recomeçando a falar, lhe pagou os trinta pesos que tinham apostado.

— Antes, na Grécia, e até em Roma, quando se perdia, era porque os deuses tinham desejado. E depois, para os cristãos, era porque seu deus os havia abandonado. Nós, judeus, sempre perdemos por causa dos outros. É sempre culpa dos outros. Tudo, sempre, é culpa dos outros. Mas, justamente, é como se tudo sempre fosse culpa dos outros para provar a nós mesmos que somos únicos. Que somos de fato os eleitos, já que somos os únicos a sofrer tanto. E a pensar tanto! Na verdade, todos eles nos querem mal, nos querem mal porque nos invejam, porque são todos invejosos de nosso sofrimento. Querem nos humilhar porque somos os mais infelizes, porque somos "extraordinariamente desesperados".

Vicente olhou para Ariel com grande afeto e concluiu com estas palavras:

— É verdade. Nossa felicidade é o resultado de uma desgraça extrema.

Wincenty, meu Wincenty, meu coração, meu menino,

Tudo aqui ficou complicado. Muitos vizinhos do edifício morreram nestes últimos meses. Berl trata das pessoas em troca de alguns złotys, mas a maioria nem tem como pagar. Não sabemos o que será de nós. Há, é verdade, Shlomo, que às vezes nos ajuda um pouco, mas mesmo para ele as coisas ficaram difíceis. Os alemães não falam mais conosco, nos tratam como animais. Nas ruas as pessoas morrem de fome, e já nem sequer paramos para contemplar os cadáveres. Ontem, vi pela janela uma mulher que andava para lá e para cá na calçada. Fez isso horas a fio, com o filho morto nos braços. Ela chorava e berrava e apertava o menino morto e o mostrava aos passantes, às centenas, aos milhares de passantes. E ninguém a via. Ninguém. Ninguém via seu filho morto. Era como se ele não existisse. Felizmente você está longe daqui, meu Wincenty querido. E felizmente a sua irmã pôde partir para a Rússia.

Sua mãe que pensa sempre em você

Vicente recebera essa carta, postada no gueto de Varsóvia em 6 de setembro de 1941, na manhã de 13 de outubro. Cruzara com o carteiro ao voltar da escola onde deixara as meninas, subira e lera a carta enquanto Rosita, lentamente, passava a ferro as roupas das crianças e Juan José brincava em seu cercadinho. Quando acabou de lê-la, seu olhar se perdeu no vazio insondável que se estendia além das paredes do pequeno apartamento. Rosita logo reparou em seu desespero e, timidamente, sem deixar de passar o minúsculo pijama do filho, lhe perguntou o que sua mãe "contava".

— Diga... O que ela conta?

"O que ela conta?" Vicente olhara um bom tempo para Rosita, sem pronunciar nenhuma palavra. Depois, sem refletir, entregou-lhe a carta. Rosita lhe deu um sorrisinho triste e murmurou palavras meigas de repreensão:

— Você sabe muito bem que eu não falo polonês...

Vicente contemplou a mulher. Tocado por sua bondade, ou por sua piedade, se desculpou. Depois lhe contou o que dizia a carta da mãe. Contou-lhe isso suavemente, lentamente, como se falasse do tempo que faria amanhã, ou melhor, do tempo que fizera na véspera, isto é, de alguma coisa desimportante e inelutável ao mesmo tempo. Disse-lhe apenas que tudo estava cada vez mais duro em Varsóvia. Disse-lhe apenas que sua mãe estava feliz por ele estar em Buenos Aires e pela irmã estar na Rússia. Disse-lhe apenas que sua mãe e sua irmã ainda estavam vivas. Disse-lhe apenas tudo isso. Disse-lhe com muita dificuldade: fez um esforço intenso para pôr palavras atrás de palavras e formar frases e confiá-las à sua mulher.

No instante em que Vicente, sempre com um esforço intenso, e sempre no mesmo tom monocórdio, lhe falou daquela mulher que berrava, com o filho morto nos braços, Rosita deixou de passar a roupa e se aproximou do marido. Ainda sentado, Vicente deixou o envelope escorregar de sua mão para o chão. Rosita lhe pegou a cabeça e, de pé ao seu lado, o apertou contra o ventre.

Naquele mesmo dia, a doze mil e quinhentos quilômetros de Buenos Aires, não longe de Königsberg, na cidadezinha de Rastenburg, perto da Wolfsschanze, na *toca do lobo*, o quartel-general de Hitler, o Reichführer Heinrich Himmler encontrava o chefe da SS e da polícia do Governo-Geral, Friedrich-Wilhelm Krüger, e o chefe da SS e da polícia do distrito de Lublin, Odilo Globočnik. Esses três homens se conheciam, já tinham se visto em Berlim e em Lublin, aonde Himmler ia com frequência. Já tinham falado do que ainda se chamava a "solução territorial" da questão judaica: a ideia de deportar todos os judeus da Europa, não mais para Madagascar, mas para o Leste. Krüger já se preocupara com as consequências e os detalhes técnicos, e Globočnik já se entusiasmara com sua realização prática. Mas foi somente naquele dia, naquele 13 de outubro de 1941, que os três passaram duas horas juntos discutindo seriamente sobre o que viria a ser o primeiro massacre institucional e industrial da história da humanidade.

Desde o início do nazismo, a burocracia alemã pudera se apoiar nos precedentes e se referir a receitas estabelecidas pela cristandade; seus funcionários puderam beber à vontade numa vasta reserva de experiência administrativa que a Igreja e o Estado tinham constituído. Quais eram esses precedentes, quais eram essas receitas, em que consistia essa experiência? Nos mil e quinhentos anos que haviam se passado desde que o cristianismo se tornara uma religião de Estado, uma progressão coerente ao extremo elaborara um discurso que começara por dizer aos judeus: "Vocês não têm direito de viver entre nós se continuarem a ser judeus", e depois: "Vocês não têm direito de viver entre nós", para chegar enfim a: "Vocês não têm direito de viver". Desde janeiro de 1939, Hitler formulara a "profecia" do aniquilamento total da raça judia na Europa. Mas foi só durante o verão boreal daquele ano de 1941 que uma série de decisões tomadas em Berlim iria desenhar os contornos do massacre que ocorreria nos quatro anos seguintes. No início do mês de julho, convencido, como esclarecera a seu ministro da Propaganda, Joseph Goebbels, de que "a guerra no Leste já estava praticamente ganha e que os bolcheviques nunca mais se soergueriam das derrotas que ele lhes impingira", Hitler anunciou que desejava a deportação de *todos* os judeus dos territórios ocupados pela Alemanha para os campos de trabalho na Polônia, e depois ainda mais ao Leste, para a União Soviética, assim que a conquista tivesse terminado. Levado pela euforia das primeiras vitórias, Hitler pensava que o Governo-Geral estava fadado a se tornar um paraíso ariano. "Devemos fazer deste território um Jardim do Éden." Os nazistas já tinham assassinado milhares de judeus e continuavam a fazê-lo. Deixavam-nos morrer de fome ou de doenças nos guetos, exterminavam lentamente, pelo trabalho, os que podiam trabalhar, e os outros, os que eram incapazes de trabalhar, assassinando-os com uma bala tão logo os trens chegavam aos campos. Mas no mês de setembro de 1941, compreenderam que esse método de assassinato a bala não podia funcionar tendo em vista o massacre que viria — o de vários milhões de pessoas. Não podia funcionar por duas razões: os soldados passavam por problemas psicológicos de tanto matar judeus a sangue-frio, e o custo em munições era demasiado alto. No mês de julho, assim como no início do mês de agosto, ainda faltava um verdadeiro planejamento, isto é, ideias concretas sobre o número, o horizonte temporal e os lugares da matança. No final do verão, o Obersturmbannführer Adolf Eichmann fora convocado no escritório de seu superior hierárquico, Reinhard Heydrich, diretor do RSHA,* que lhe dissera: "O Führer acaba de ordenar a destruição física dos judeus". Mas a decisão concreta de uma nova maneira de matar a todos — isto é, não mais deixando-os morrer de fome ou de doenças, exaurindo-os no trabalho ou atirando-lhes uma bala na cabeça, mas suprimindo-os em escala industrial — foi tomada bem no início do mês de outubro. Segundo Goebbels, tomar essa decisão deixara Hitler em excelente estado de espírito. Eis suas próprias palavras ao sair de uma conversa com ele no dia 4 de outubro: "Ele está com uma aparência ótima e seu humor é ultrajantemente otimista: ele irradia otimismo".

Nove dias depois, em 13 de outubro de 1941, no próprio dia em que Vicente em Buenos Aires recebia a carta de sua mãe, em Rastenburg, enquanto o outono já cobrira o céu de cinza e o inverno se anunciava rude, enquanto uma primeira neve suja salpicava os telhados e as ruas pavimentadas, num aposento do castelo dos cavaleiros teutônicos, bebendo conhaque ou almoçando num desses restaurantes escuros que havia no centro da cidade, cheios de lambris de madeira impregnada de cheiro de cerveja, Himmler informara Krüger e Globočnik sobre a "decisão histórica" de Hitler. Dissera-lhes que essa ideia que começara a germinar no início do verão na cabeça do Führer — livrar-se definitivamente de todos os judeus — seria enfim concretizada. Himmler sabia que Krüger, e sobretudo Globočnik, com quem se entretivera no dia 20 de julho em Lublin, esperavam impacientes uma decisão dessa natureza. E sorrira ao ouvir Globočnik propor sem demora planos de um alcance, segundo suas próprias palavras,

---

* O Reichssicherheitshauptamt (Ofício Central da Segurança do Reich) era o órgão do Partido Nazista que controlava as polícias e a segurança da Alemanha. [N. T.]

"considerável", incluindo a criação de um campo com câmaras de gás em Bełżec. Himmler dera seu acordo prontamente e aprovara a escolha do lugar, perto das vias férreas e de fortificações fronteiriças dotadas de fossas antitanques que serviriam para enterrar os corpos. Quinze dias depois, operários poloneses empreenderam a construção desse campo, que se tornaria o primeiro campo não só de concentração, mas de extermínio. A decisão fora tomada e sua aplicação entrava em vigor: a solução já não seria "territorial", tornava-se "final".

É claro que Vicente ainda não estava informado de tudo isso. Não sabia que os alemães tinham começado a instalação dos campos de extermínio e também ignorava, apesar do que sua mãe lhe escrevera, as verdadeiras condições de vida no gueto de Varsóvia. Ignorava que no gueto os nazistas matavam os judeus, "simplesmente", se se pode dizer, deixando que epidemias de tifo e de tuberculose se propagassem, e matando-os de fome. Mais tarde, saberia. Saberia que no fim de 1941 um judeu do gueto comia em média cento e oitenta calorias por dia, isto é, quinze por cento do mínimo vital, como saberia que uma saída do gueto, que alguns meses antes era passível de uma multa de mil *złotys* e três meses de prisão, já seria sancionada com a pena de morte.

Após contar a Rosita o que dizia a carta de sua mãe, Vicente se calou. Aceitou por um instante o reconforto de sua ternura, depois se levantou. Pegou o paletó, o chapéu e se encaminhou para a porta do apartamento. Rosita se aproximou mais uma vez e mais uma vez o abraçou. Vicente aceitou esse novo gesto de afeição. Depois, sempre sem uma palavra, deu um ínfimo sorriso para a mulher, dirigiu um ínfimo olhar para o filho e saiu do apartamento. "O que são as palavras? Para que servem? Por que falar com ela? Por que tentar lhe dizer o que não consigo dizer nem a mim mesmo? Eu teria de lhe contar toda a história. Desde o comecinho. Desde que parti de Varsóvia.

Ou desde que partimos de Chełm quando eu tinha doze anos. Mas como lhe contar tudo isso? Como lhe contar agora? Como lhe contar agora, se nunca lhe contei nada durante todos esses anos? Por que até hoje nunca senti a necessidade de lhe falar do meu passado? Por que nunca lhe disse a que ponto me senti polonês? A que ponto quis ser alemão? Por que nunca lhe falei da universidade? De Varsóvia? Da vergonha que senti na primeira vez em que aqueles estudantes poloneses caçoaram de mim porque eu era judeu? Por que nunca lhe disse que a vergonha fora tão mais forte que a raiva? E por que, quando lhe disse que queria salvar minha família, quando lhe disse que queria ganhar bastante dinheiro para que minha mãe e meu irmão e minha irmã pudessem fugir da Polônia e vir morar em Buenos Aires conosco, por que, nem mesmo nesse momento, não lhe disse do que eu queria que eles fugissem? Por que nunca lhe disse a que ponto eu também me senti aliviado de me afastar de minha mãe, de meu irmão mais velho, de minha irmã mais velha? Por que nunca lhe disse que às vezes queria salvar minha mãe — mas que às vezes não queria? E ela, por que nunca sentiu a necessidade de me contar como sua mãe e seu pai tinham fugido dos pogroms? Por que, desde que nos conhecemos, jamais sentimos necessidade de falar do passado? Como pudemos viver juntos todos esses anos como se o passado não existisse? Como se só o presente e o futuro fossem importantes? E agora, agora que seria preciso lhe dizer, agora que seria preciso falar com as crianças, agora que sei o que acontece por lá, agora que sei que provavelmente jamais vou conseguir que minha mãe e meu irmão venham para Buenos Aires, agora que sei que nunca salvarei ninguém, agora que tudo me parece vazio e inútil, agora que não há mais nada além de um vazio imenso que se estende à minha frente, agora... terei o direito de lhes dizer? Terei o direito de lhes pedir que dividam o meu pesar? Agora que sei que ele é mortal, tenho o direito de lhes pedir para beber uma parte desse veneno que é minha dor, a fim de me aliviar?" Desde que saíra de casa, Vicente tinha a impressão de que sua cabeça ia explodir. As palavras se precipitavam umas sobre as outras, e se às vezes compunham frases que ele conseguia entender, pensamentos que chegava a seguir, no mais das vezes elas se chocavam e caíam desfeitas na calçada, formando manchinhas escuras como baratas que se misturavam aos excrementos claros ou esverdeados dos pombos. Vicente andava e olhava aquelas palavras mortas, miseráveis, deploráveis, e pensava que precisava terminantemente parar, que precisava terminantemente parar tudo, que precisava parar de falar, calar-se — que precisava parar de pensar. Mas dizia-se isso, e logo seu espírito formava outras frases, frases que lhe pareciam poder encontrar outro significado. E ele andava, e ele pensava — e de novo todas as palavras se tornavam insuportáveis.

— Disseram-me que Firulete no terceiro era batata, noventa por cento. Foi Chelo, o primo do Flaco Gomez que trabalha com os O'Neill, que falou diretamente, ele mesmo, em pessoa, com o cara que o monta.

Ávido por sentir o calor amical de Ariel e Sammy, Vicente começou a ir ao Tortoni não só toda sexta-feira e sábado, mas também em outros dias da semana. Ficava horas sentado com eles, aproveitando sua presença, mas quase sempre sem dizer uma só palavra.

— Ou então a gente aposta no Acosta, que corre no nono páreo... E que está dando exatamente um por três... Ou senão, no décimo segundo, tem Le Poulpe, mas esse, é claro...

Sammy, nervoso e tagarela como sempre, falava sem parar com os olhos cravados nas páginas de turfe da *Crítica*. E enquanto Sammy falava, Ariel contemplava Vicente, que, com a ponta da colherinha, brincava de empurrar em torno da xícara um torrão de açúcar. Depois de ter recebido a carta da mãe, durante as semanas que se seguiram, Vicente esperou outra carta. Esperou a chegada de outra carta num estado extremamente febril. Esperou — e também temeu. Lamentava tremendamente não ter insistido mais, dois anos, três anos, cinco anos antes, quando escrevera à mãe para lhe dizer que ela devia vir para Buenos Aires, que ela precisava conseguir convencer seu irmão e sua irmã e seus cônjuges, e que todos fossem para Buenos Aires.

Ao se instalar na Argentina, e durante toda a década de 1930, durante todos aqueles anos lúgubres que testemunharam o fascismo e o antissemitismo devorar a Europa, Vicente, embora às vezes se sentisse aliviado por ter conseguido se afastar da mãe, acreditara sinceramente que, se algo de ruim acontecesse na Polônia, caberia a ele salvar a família. Mas algo pior que tudo o que ele imaginara estava acontecendo — e ele não podia fazer nada.

Nos meses de novembro e dezembro de 1941, como nos seis primeiros meses do ano seguinte até o dia 16 de julho de 1942, para ser bem exato, Vicente continuara a ler muito os jornais. Lia-os procurando pistas, chaves, vestígios que lhe permitissem compreender o que acontecia naquele país que ele considerara sua pátria. Às vezes, os jornais falavam de deslocamentos de população, mencionavam por alto os guetos, os campos de trabalho, mas as informações costumavam ser confusas. Quase sempre, as notícias eram incompletas, e sempre acompanhadas de "talvez", de "dizem", de "provavelmente", de "alguns afirmam" que deixavam imaginar algo menos terrível do que realmente estava acontecendo. O artigo mais alarmante fora publicado no *La Nación* de 18 de fevereiro de 1941. Reproduzia declarações de Anthony Eden que não deixavam pairar nenhuma dúvida sobre o destino dos judeus na Alemanha e nos territórios ocupados pelos nazistas. O secretário de Estado das Relações Exteriores britânico falava de guetos, de deportações e de execuções em massa. Mas suas palavras não tinham sido confirmadas por outros políticos ou por outros observadores, e se perderam no burburinho constante e inconsistente da atualidade.

Como a tantos outros leitores, os jornais tinham permitido a Vicente saber — e não saber. Tinham permitido não saber, por exemplo, que o primeiro conjunto de operações em vista do aniquilamento dos judeus — que consistia no envio de pequenas unidades móveis que acompanhavam o exército e exterminavam a população judia à medida que ela avançava — já havia começado. Tinham permitido não saber que essas "pequenas unidades", os Sonderkommandos e os Einsatzkommandos, cometiam seus "pequenos massacres" em toda a frente do Leste: três mil cento e quarenta judeus aqui, oito mil judeus ali, trinta e três mil setecentos e setenta e sete judeus um pouco adiante — no total, entre um milhão e um milhão e meio de pessoas. Seu modo de execução, no mais das vezes, era o fuzilamento coletivo, mas às vezes também recorriam a um meio mais rápido: agrupavam todos os judeus de uma aldeia ou de uma cidadezinha num galpão e os faziam explodir com dinamite. E quando os soldados alemães, depois de assassinarem todos os homens judeus, hesitavam em liquidar as mulheres e as crianças, podiam contar com o apoio das milícias locais, da polícia local e de alemães "étnicos" encontrados ali mesmo (cuja "paixão pelo massacre" e "sede de sangue" chegaram até a "literalmente apavorar" o chefe SS de um Kommando).

Eis, sumariamente, o que Vicente Rosenberg, no fim de 1941 e início de 1942, poderia ter sabido, *mas não pudera saber*. Poderia ter sabido mas não pudera saber porque os jornais, dando uma versão incerta das atrocidades que ocorriam, dessas atrocidades cometidas por milhares e milhares de homens e diante das quais outros milhares e milhares de homens fechavam os olhos, não falavam do horror cru da realidade. Os jornais não falavam desse horror, e as pessoas também não falavam. Assim como a maioria dos argentinos, quarenta anos mais tarde naquela mesma cidade de Buenos Aires, se negariam a crer que a ditadura militar fizera milhares de desaparecidos, as pessoas na Alemanha, Polônia, Tchecoslováquia, Hungria, Romênia, nos países bálticos, na Crimeia, Ucrânia, Rússia e no mundo inteiro prefeririam não falar, não saber. Todo mundo preferia não falar daquele horror por uma razão elementar e intemporal: *porque o horror cru de certos fatos sempre permite, num primeiro momento, ignorá-los.*

A carta da mãe, abruptamente, abrira os olhos de Vicente. Não os abrira definitiva ou inteiramente, mas os abrira o suficiente para que ele distinguisse alguma coisa que estava bem além daquilo que até então imaginara, alguma coisa de muito mais monstruoso do que diziam as frases concatenadas por ela. Lendo-a, Vicente tivera uma sensação difusa, percebera sinais turvos, como palavras secretas, impronunciáveis, escondidas atrás das palavras simples que a compunham. Vira e ouvira coisas que não conseguia explicar, que não poderia repetir — mas que nunca mais abandonariam seu espírito. Vicente continuava sem saber de toda a atrocidade da realidade que sua mãe vivia, que seu irmão vivia, das condições em que viviam a cada dia, mas sabia o bastante para já não conseguir viver como vivera até então. Foi por isso que escolheu, sem ainda ter total consciência, se calar.

"Compreendo que ele não queira falar da mãe, mas por que não pode falar de outra coisa? Por que a palavra parece queimá-lo como se cada uma que pudesse sair de sua boca fosse uma pequena lágrima de lava? Se isso continuar, todos vamos esquecer o som da voz dele. Até Rosita. Até seus filhos. Até eu que o conheço desde sempre." No Tortoni, Ariel olhava fixo para seu amigo de adolescência que brincava com o torrão de açúcar. Olhava sem a menor reserva. E Vicente ignorava seu olhar com o mesmo despudor, com a mesma indiscrição. "Mas o que é mais estranho é como o olhar dele mudou. É como se agora pudesse expressar tudo sem o menor movimento dos lábios. Embora só expresse a desgraça, o faz com tanta segurança e com tantas nuances que tudo parece dito. Sim, seu olhar se tornou muito mais tagarela do que era sua boca na época em que ele ainda falava. É como se houvesse uma quantidade imensa e ao mesmo tempo muito definida de coisas a dizer e que elas tivessem encontrado uma outra forma de expressão, uma nova linguagem que lhes convém maravilhosamente." Ariel contemplava Vicente, que continuava a empurrar o pequeno cubo de açúcar com a colherzinha, sem parar um só instante de refletir no que se tornara a existência de seu amigo. Via os olhos de Vicente se perderem no açúcar, se afastarem, se levantarem, depois se fixarem no seu rosto ou no de Sammy. Ariel olhava o olhar de Vicente ir e vir e compreendia que aquele olhar adquirira uma acuidade nova, uma acuidade que o tornava absolutamente preciso, e ao mesmo tempo absolutamente indecifrável. Absolutamente indecifrável, mas impregnado de tanto sofrimento. "Não gostaria de estar no lugar dele. Deus, ah não! Não gostaria de estar no lugar dele!"

— Mas senão, na pior das hipóteses, sempre podemos apostar no Romántico para o quinto. Não vai render muito, evidentemente, mas bem... sempre se ganhará um pouquinho...

— Sim, tudo bem, se quiser, por que não...

Enquanto Ariel fazia às vezes o esforço de responder a Sammy, que continuava a falar, absorto nas páginas de turfe do jornal, Vicente brincava com o açúcar, sem escutar uma só palavra do que o rapaz dizia. Concentrado no vazio desesperado em que vivia de uns tempos para cá, Vicente estava fascinado pela brancura lisa do pratinho sob o qual a pequena xícara se assentava, pela brancura perolada do açúcar e pela brancura do mármore estriado da mesa. Ele não sabia exatamente o quê, mas algo na brancura em geral o atraía cada vez mais. Seus pensamentos pareciam fugir para essa cor, e nela se perder, como no espaço ilimitado de um outro silêncio.

— Ou então esquecemos San Isidro e vamos direto para o boteco de que Samuel falava...

De tanto empurrá-lo, Vicente acabou jogando no chão o torrão de açúcar. E sem saber exatamente por que isso o divertiu.

Sorriu e, depois, sem fazer o menor ruído, colocou meticulosamente a colherzinha na beira do pires e se levantou.

— Vou apenas...

Vicente não terminara a frase. Dizer duas palavras já lhe exigia tamanho esforço. Ariel e Sammy, sem se preocupar, o viram se afastar para a entrada do café. Fazia algumas semanas que tinham notado que Vicente quase nunca voltava do Tortoni diretamente para casa. Embora fosse o único a ter mulher e filhos, ele acompanhava os amigos, acontecesse o que acontecesse, dependendo dos dias, fosse ao hipódromo de Palermo, fosse ao de San Isidro, fosse ao pôquer.

Naquele dia, porém, naquele 17 de fevereiro de 1942, Vicente saiu depressa do café e seguiu em direção à rua Paraná. Um negócio que dera errado o obrigara a cancelar as férias de verão no último minuto, e sentindo-se um pouco culpado com Rosita e as crianças, que tinham passado só uns dez dias em Mar del Plata, sem ele, bem no início do mês, resolveu voltar para casa na hora do jantar.

— Pode repetir?

— Pode?

— Oba, pode, pode?

Depois de servir as crianças novamente, Rosita se virou para o marido.

— Quer um pouco mais de nhoque, querido?

Embora ao sair do Tortoni ele tenha sentido que sua mulher e seus filhos lhe faziam falta, embora tivesse decidido voltar direto para casa e ficar ao lado deles, e embora ultimamente fosse tão raro que lhes desse a honra de jantar em sua companhia, quando estava sentado à mesa, Vicente, como já vinha fazendo havia várias semanas, não pronunciou uma só palavra. Rosita se desdobrava, dia após dia, para falar com ele. Apesar de seu silêncio, ela lhe falava como se nada fosse, como se tudo estivesse normal na vida deles.

— Não quer mais? Tem certeza?

Vicente terminou por desviar os olhos do vazio em que eles estavam perdidos para o vazio que via nos da mulher, ainda cheios, porém, de ternura e preocupação. Olhara para ela mas não respondera à sua pergunta. Por que responder? Que diferença podia haver entre o fato de comer mais ou menos nhoque? Aceitava, havia meses, se alimentar, respirar. Aceitava, havia dias e dias, viver, permanecer em vida. Já não era o suficiente? Já não era demasiado? Um momento depois, Vicente deslocou o olhar para os filhos. Seu filho, que acabara de fazer quatro anos, perseguia seus últimos nhoques brancos sobre a louça branca do prato. Vicente o olhou apenas por um instante, e o vazio o invadiu um pouco mais. Olhara para seu rosto, seus olhos, depois sua mão, seu garfo, os nhoques e o prato; e de repente uma faísca em seu cérebro desencadeara uma série de flashes que o fizeram compreender o que aquela brancura lhe lembrava. O prato do filho, seus nhoques, assim como o açúcar e o pires da xícara e o mármore da mesa do Tortoni tinham ressuscitado nele a lembrança da neve, a neve da Polônia, a neve de sua infância — a neve que nesse exato momento devia cobrir os campos em torno de Varsóvia, e a lama e as ruas do gueto, onde ele esperava que sua mãe e seu irmão ainda estivessem com vida.

Vicente se virou para as filhas. Elas tinham acabado de comer e espiavam, assim como a mãe, o eventual e improvável fim de seu silêncio. Vicente cruzou com o olhar delas antes de mergulhar novamente no seu, sem uma palavra, sem um suspiro, sem um sorriso, no nada que se estendia além da mesa. Os olhares de suas filhas também estavam cheios de ternura e perguntas, mas agora Vicente só via, em todo lado, o vazio inútil — ou a neve, igualmente inútil. "Se acaso ela foi presa, espero que consiga guardar seu xale. Mais nada. Só isso: seu xale de lã rosa. Só peço isso, meu Deus. Só peço isso, meu Deus em quem jamais acreditei. Peço que mamãe, se foi presa, tenha caído nas mãos de um soldado alemão suficientemente humano para compreender que aquele xale de lã rosa não pode fazer mal a ninguém." As raras vezes em que se deixava levar e pensava numa realidade possível que sua mãe enfrentava, Vicente agarrava-se a detalhes tão fúteis, tão fugazes, tão insignificantes. "Será que ela pode lavar as mãos antes de comer?" Nunca Vicente vira a mãe comer o mais ínfimo alimento sem antes lavar as mãos. E bruscamente imaginar que, se acaso ela estivesse num daqueles campos de trabalho dos quais se começava a falar, devia comer todo dia sem antes lavar as mãos o enchia de raiva. "Não. Não não não não não. Não quero. Não quero pensar. Não quero pensar nela. Não quero pensar no que ela pode, no que ela não pode. Prefiro não pensar nisso. Nem nisso nem em mais nada. Não. Não, não e não. Não quero. Não quero mais pensar. Nunca mais."

— Posso pegar seu prato, papai?

— Sim...

Vicente respondeu, e depois olhou para a filha mais velha que lhe sorria. Ela lhe sorria com infinita ternura, com infinita bondade, mas ele, totalmente alheio, lhe respondera mecanicamente, sem de fato entender o que ela perguntava. Respondera com um "sim" de todo ausente, um "sim" que não queria dizer rigorosamente nada.

— Sim, desculpe, minha querida. Sim, pode, é claro.

Voltando ao presente graças ao sorriso dela, ele se endireitara e finalmente conseguira articular algumas palavras. Ercilia lhe sorria de novo.

— Obrigada, capitão!

E, enquanto a filha pegava seu prato sujo, em vez de deixá-la ir para a cozinha, ele a agarrou com ternura pelo pulso para fazê-la sentar-se no seu colo. Ercilia recolocara o prato sobre a mesa e a cabeça em seu ombro; e assim ficaram, calados, os dois, grudados um no outro, na sala de jantar deserta.

Três dias depois, em 20 de janeiro de 1942, numa mansão muito calma isolada num grande parque de um bairro chique do sudoeste de Berlim, a apenas poucos quilômetros do centro da cidade, ocorreu a famosa conferência de Wannsee. Quinze dos mais altos responsáveis pelo III Reich se encontraram ali para discutir a organização administrativa, técnica e econômica da "solução final da questão judaica" desejada por Hitler. Para pôr em prática esse empreendimento propriamente industrial, o Reichsmarschall Hermann Göring, Himmler, Heydrich e Eichmann precisavam de uma parcela dos recursos materiais e humanos do regime num momento em que eles já eram usados para outro desafio logístico totalmente diverso — o da guerra. E foi principalmente para evitar que certos elementos do aparelho de Estado (ministérios, tribunais, Estado-maior do Exército) impusessem um obstáculo ou se recusassem a cooperar que se decidira convidar para aquela reunião todos os dirigentes interessados e expor-lhes o projeto em curso e o método previsto para sua execução. Heydrich abrira a conferência lembrando as medidas antissemitas adotadas por Hitler desde a chegada dos nazistas ao poder e felicitando-se por, entre 1933 e 1941, quinhentos e trinta mil judeus terem emigrado da Alemanha e da Áustria. Sobravam, "infelizmente", conforme os números, cerca de onze milhões de judeus vivendo na Europa e no império colonial francês. A exposição de Heydrich durou quase uma hora. Tratara dos detalhes logísticos e organizacionais relativos ao destino desses judeus que, segundo as formulações do texto do protocolo da conferência, deviam ser "evacuados" para o Leste, onde receberiam "um tratamento apropriado". O objetivo — que, segundo o que Eichmann iria declarar no seu processo vinte anos mais tarde, fora discutido abertamente nas conversações informais em torno de um cálice de conhaque após a conferência, para que todos os participantes o entendessem perfeitamente — era que, depois que aquilo fosse realizado, nunca mais houvesse problema judeu para resolver: uma pequena parte dos judeus seria empregada nos trabalhos ligados ao esforço de guerra, e o resto, a imensa maioria, seria assassinada nos campos de extermínio.

Onze milhões de pessoas. Onze milhões de pessoas a assassinar. Pode-se pensar o impensável? Pode-se compreender o incompreensível? Pode-se imaginar o que ninguém jamais viu, o que ninguém até então jamais havia acreditado que o homem seria capaz de fazer? De vez em quando, há acontecimentos que renovam nossa capacidade de imaginação, que ampliam o campo do possível até limites que ninguém antes supusera ser plausível alcançar.

Até o verão de 1942, porém, as disposições tomadas em Wannsee não puderam ser respeitadas. Por um lado, como nem todos os centros de extermínio ainda estavam funcionando, foi preciso continuar concentrando os judeus em guetos, à espera de que entrassem em serviço. Por outro, depois do entusiasmo do mês de outubro de 1941, provocado pelo avanço fulgurante da Wehrmacht, a derrota alemã diante de Moscou, no mês de dezembro, levara a uma ampla revisão das prioridades: a euforia nascida da esperança de um triunfo rápido cederia lugar à perspectiva de uma guerra de longa duração e à constatação de que as reservas de alimentos não bastariam para nutrir a população da Alemanha e dos territórios ocupados. Os nazistas iriam, portanto, deportar todos os judeus da Europa para os campos situados a leste, mas não iriam assassiná-los diretamente tanto quanto haviam desejado. Na verdade, a vida de milhões de judeus iria depender, do outono de 1941 à primavera de 1942, de como os alemães resolveriam, no dia a dia, o delicado equilíbrio entre matá-los para que não comessem os alimentos de que precisavam para prosseguir a guerra e deixá-los viver para que fabricassem as armas necessárias para prosseguir a guerra. Mas essa indecisão quanto à maneira de tratar os judeus — assassiná-los de imediato ou matá-los depois de fazê-los trabalhar — não impediria que começasse a se contabilizar as vítimas aos milhões. Só no distrito de Lublin, do qual se ocupava Odilo Globočnik, mais ou menos um milhão de judeus deportados seriam julgados inaptos ao trabalho e mortos assim que chegassem aos campos.

Vicente desconfiara da sinistra enormidade do que se passava na Europa? Soubera o que realmente ameaçava seu irmão e sua mãe, além da miserável vida, e da miserável morte do gueto? Não. Apesar das cartas da mãe, assim como a maioria dos judeus no mundo, Vicente não conseguira imaginar o que saberia mais tarde. Não conseguira supor que milhares de pessoas eram assassinadas todo dia, que milhares de pessoas eram mortas todo dia com uma bala na cabeça ou levadas para as câmaras de gás, que milhares de corpos eram queimados naqueles fornos cujas chamas tocavam o céu.

Desde que começara a entrever o que acontecia na Europa, Vicente se sentira cada vez mais judeu. Mas isso não o tranquilizava. Antes de 1939, Vicente muito se perguntara se ele era isso ou aquilo, argentino ou polonês, judeu ou ateu. E aliviara sua consciência, ou a atormentara, ao pensar que, não sabendo nem de longe o que tinha em comum consigo mesmo, com aquele que fora na véspera ou com aquele que seria no dia seguinte, com aquele que era quando estava inebriado de felicidade ou com aquele que era quando estava inebriado de raiva, com aquele que tinha sido em criança ou com aquele que seria quando fosse avô, como poderia saber o que tinha em comum com qualquer argentino ou com qualquer judeu de quem ignorava rigorosamente tudo? "O homem é tão pouca coisa que não conhece nem o gosto de sua carne nem a data de sua morte. Por que lhe pedir uma resposta simples e concisa às perguntas feitas por essa coisa misteriosa e movente a que chamamos de identidade?" Eis o que Vicente pensara várias vezes no passado. Agora, ideias igualmente complexas já não se formulavam no seu espírito. Agora, ele se sentia apenas, cada vez mais, judeu — sem que isso o aliviasse no que quer que fosse.

Franz, o jovem vendedor alemão que Vicente contratara no início do mês de dezembro de 1940, ocupava-se da loja cada vez mais e cada vez melhor. Aprendera com Vicente a seduzir os fregueses, a cuidar da contabilidade, a gerenciar os estoques. E durante aqueles longos meses em que tinham trabalhado juntos, Vicente também aprendera a conhecê-lo. Uma noite, poucas semanas antes de receber a carta da mãe, ao fechar a loja, Franz contara a Vicente que era seu aniversário, e Vicente o convidou para beber uma cerveja. Andaram em direção ao rio e pararam num bar da rua Florida. Beberam uma primeira Quilmes em silêncio, olhando as pessoas passarem. Vicente estava calmo. Naquela época ainda gostava de partilhar seu silêncio com Franz. Gostava de olhar para ele, gostava de olhar seu sorriso resplandecente. Muitas vezes isso bastava para acalmar seus tormentos. Franz, como sempre, parecia contemplar o universo inteiro com uma felicidade muito intensa.

— É uma das minhas coisas preferidas aqui, em Buenos Aires: sentar-me num café e olhar as pessoas passarem.

Vicente, cúmplice, se virou para ele.

— As pessoas?

O sorriso de Franz ampliou-se ainda mais, transbordando dos lábios para as faces, para os olhos.

— Sim, as moças. Sobretudo as moças.

Com um gesto, Franz pediu ao garçom outra garrafa de Quilmes.

— Esta aqui é por minha conta...

— Ora essa, você pode deixar seu patrão pagar.

— O senhor não é só meu patrão — dissera Franz antes de corar um pouco. — O senhor foi como um pai para mim.

— Um pai?
— Sim, bem... um guia... Não sei... Um pai espiritual.

Franz e Vicente trocaram um olhar de compreensão e de incompreensão, como uma interrogação silenciosa e uma resposta vã, depois tornaram a se virar para a rua e deram um gole na cerveja, levantando os copos exatamente no mesmo momento.

— Falar comigo em alemão, quando eu acabava de chegar, quando o senhor não sabia nada de mim, me contratar quando eu não falava nem uma palavra de castelhano, tudo isso foi como se me dissesse que eu podia ter meu lugar neste país que eu mal conhecia. Nunca soube por que, naquele primeiro dia, o senhor falou comigo em alemão, tão naturalmente, tão diretamente...

— Apenas vi que você não era daqui, e imaginei que... não sei...

— Poderia ter falado em polonês... ou em iídiche...

— Sim, é verdade... mas...

Vicente, com o coração subitamente cheio de fúria e vergonha, baixou o rosto para terminar a frase:

— Sempre gostei do alemão.

Compreendendo sua dor, Franz se manteve calado um instante e extinguiu do rosto o magnífico sorriso.

— Um dia, há muito tempo, o senhor me perguntou se eu era judeu. Mas nunca me perguntou por que tínhamos saído da Alemanha, meus pais e eu.

De novo Vicente se voltou para ele, esperando a continuação.

— Fugimos da Alemanha porque meus pais são comunistas. E eu também.

Vicente não conseguiu conter uma pequena reação de surpresa — e de decepção.

— Bem, lá eu era novo demais para fazer política, mas sempre aderi às ideias de Lênin. E de Trótski sobretudo.

Vicente, começando a ficar irritado com o caminho que a conversa tomava, voltou-se para a rua.

— O que foi? Qual é o problema com os bolcheviques?
— Nada.

Para evitar lhe dizer que vinte anos antes tivera medo deles, os detestara, lutara contra eles, Vicente esvaziou o copo. Franz esperou que ele esclarecesse seu pensamento, mas Vicente se serviu de novo e apenas olhou para ele, calado: por que teria confessado tudo isso, quando já não sentia o menor medo e lhe era absolutamente impossível detestar seu jovem empregado? Felizmente, amigos de Franz, um rapaz e duas moças de sua idade que passavam por acaso, tinham se aproximado da mesa e a conversa parou por ali.

Na verdade, por meses a fio Vicente cultivou uma simpatia cada vez maior por aquele rapaz culto com quem costumava conversar sobre poesia. Gostou cada vez mais do jovem Franz até o momento em que, poucas semanas depois de receber a carta da mãe, já não suportou sua presença e o demitiu por uma razão tola. Franz não se queixou: apesar de seu afeto, o silêncio e a insuportável melancolia do patrão já tinham vencido seu desejo de trabalhar e aprender. Franz partiu e Vicente se viu de novo sozinho no longo espaço escuro.

O verão cedeu lugar ao outono, o outono ao inverno. Vicente continuava a trabalhar, a ir ao Tortoni, a cuidar às vezes, cada vez mais calado, de seus filhos. E a amar às vezes — cada vez mais calado — sua mulher. Enquanto isso, na Europa, Paris sofria os primeiros bombardeios da Royal Air Force, a Wehrmacht tomava Sebastopol, e Reinhard Heydrich morria — enfim! — de uma septicemia decorrente dos ferimentos sofridos no atentado que não conseguira lhe tirar a vida, oito dias antes.

Na quinta-feira 16 de julho de 1942, o mesmo dia em que, em Paris, policiais e guardas franceses detinham algo como treze mil judeus (entre eles, um pouco mais de quatro mil crianças) para deportá-los para Auschwitz, Ariel desafiou a chuva argentina e arrastou sua imensa carcaça de urso até a loja de móveis de Vicente. Foi mostrar-lhe o exemplar de um jornal inglês, publicado três semanas antes, mas que acabava de chegar a Buenos Aires. Enquanto os ataques alemães diminuíam e a guerra ia aos poucos ficando incerta, aquele jornal conservador de Londres, o *Daily Telegraph*, publicara o que se pode considerar como um dos grandes furos da história. A manchete do artigo era: *Os alemães matam 700 000 judeus na Polônia*. E o subtítulo: *Câmaras de gás móveis*.

"Mais de 700 000 judeus poloneses foram liquidados pelos alemães no maior massacre da história. Além disso, instalaram um sistema para matá-los de fome que conseguiu, segundo o que os próprios alemães admitiram, matar ao menos outros tantos. Os mais horrendos detalhes desse assassinato em massa, que incluem o emprego de um gás venenoso, foram revelados por um relatório enviado secretamente ao sr. Samuel Zygelbojm, representante judeu no Conselho Nacional Polonês de Londres."

Esse furo inacreditável ocupava duas colunas da página 5 de um jornal que continha seis páginas. E o mínimo que se pode dizer é que sua publicação, na época, não causou um rumor retumbante: o artigo não foi reproduzido por outros meios de informação e praticamente não teve nenhum eco junto ao público nem aos políticos. Samuel Zygelbojm foi até mesmo acusado de ter inventado tudo.

"Crianças nos orfanatos, idosos nos centros geriátricos, doentes nos hospitais foram fuzilados." "Os homens entre catorze e oitenta anos são levados para um mesmo lugar, em geral uma pracinha ou um cemitério, e são mortos com uma faca, uma arma de fogo ou granadas, depois de terem cavado o próprio túmulo."

Os detalhes eram aterradores. Vicente começou a leitura impregnado do ceticismo com que sempre lia os jornais, mas não conseguiu deixar de terminá-la com o coração apertado e um nó na barriga causado pela angústia. Mal terminou o artigo, devolveu o jornal ao amigo. Ariel esperou uma reação, mas Vicente não disse nada. Ariel tentou falar com ele, tentou conversar com ele sobre esse horror, tentou dividir com o amigo a impotência de sua amargura, de sua raiva — e também tentou convencê-lo de que, enquanto não tivesse notícias da mãe e do irmão, a esperança continuava possível. Até lhe disse — palavras absurdas! — que aquele número inacreditável de setecentas mil vítimas só representava, afinal, um terço da totalidade dos judeus poloneses.

Vicente o escutou friamente, sem proferir a menor palavra, sem emitir a menor resposta. Ariel, é claro, compreendeu depressa sua inabilidade, seu erro, mas mesmo assim insistiu. Insistiu, e insistiu mais ainda; retomou suas palavras inábeis, e disse outras; cheio de cólera e compaixão, tentou por todos os meios partilhar a dor de Vicente; depois, já não sabendo o que fazer, infeliz e furioso ao mesmo tempo, profundamente magoado com a reação glacial e taciturna do amigo, acabou por abraçá-lo e saiu da loja com punhos cerrados e lágrimas nos olhos.

Ao se ver sozinho, depois de um longo momento Vicente se levantou e se dirigiu para a porta. Virou pausadamente a tabuleta pendurada na entrada para indicar que a loja estava fechada e se aproximou aos poucos de um modelo de toca-discos que pusera à venda alguns dias antes. Colocou um disco no prato, antes de se sentar numa poltrona.

E quando o *Concerto para piano nº 24* de Mozart começou, ele fechou os olhos.

A realidade na Europa, em julho de 1942, era ainda pior do que descrevia o artigo do *Daily Telegraph*. As câmaras de gás móveis (a primeira geração de caminhões camuflados em veículos da companhia de café Kaisers-Kaffee, e depois a segunda geração, a dos caminhões de 2,5 e de três toneladas, que podiam conter entre trinta e cinquenta pessoas, e os de cinco toneladas, onde era possível carregar, *em pé e bem apertadas*, até setenta vítimas, com caixas herméticas especiais em que se jogavam diretamente os gases de escapamento) tinham sido substituídas por câmaras de gás fixas que já funcionavam, desde março e abril, nos campos de extermínio de Bełżec, Chełmno e Auschwitz. E no dia do oitavo aniversário da filha mais velha de Vicente, 19 de julho de 1942, Himmler assinara a ordem de lançar a Operação Reinhard, cujo objetivo era que não houvesse mais nenhuma pessoa de ascendência judaica no Governo-Geral até 31 de dezembro.

Em Varsóvia, os alemães começaram prometendo pão e geleia aos habitantes do gueto que aceitassem ser evacuados para campos de trabalho, e vários milhares tinham respondido ao apelo. Depois, durante todo o verão de 1942, deram início ao que chamaram de "repovoamento para o Leste" — e que era, na verdade, a deportação de *todos* os judeus do gueto para o campo de extermínio de Treblinka II. Essa outra operação, conhecida pelo nome de *Großaktion* (a Grande Ação), iniciara--se em 22 de julho. Durante oito semanas, mais ou menos sete mil pessoas foram deportadas por dia. As investidas no gueto eram feitas tanto de dia como à noite, tanto nas casas como nas ruas. Os judeus eram levados para a estação de triagem de Varsóvia, depois iam de trem até o campo de Treblinka, a oitenta quilômetros, o qual lhes era apresentado como uma estação de trânsito e de onde os faziam crer que seriam transferidos, depois de serem desinfetados, para campos de trabalho ainda mais a leste. O caminho que levava às "duchas" — e que durante o verão de 1942 seria tomado por mais de trezentos mil judeus do gueto de Varsóvia, e mais tarde, nos meses seguintes, por mais de quatrocentos e cinquenta mil judeus dos distritos de Radom, Lublin e Białystok — fora chamado pelos nazistas de *Himmelstrasse*, "o caminho do céu".

Julho, agosto de 1942. Nesse momento, desfilavam em Buenos Aires as semanas inconsistentes do inverno austral, e Vicente não tinha mais nenhuma notícia da mãe. Jogava pôquer noite após noite até de manhã e nunca se levantava antes das duas ou três da tarde. Saía do quarto, ia para o banheiro, lavava o rosto, tomava depressa um café, beijava os filhos com a ponta dos lábios quando voltavam da escola, depois ia para a loja a fim de verificar se o novo vendedor que contratara, Yorgos, um grego de uns cinquenta anos, vendera alguma coisa. Para não pensar mais na mãe, Vicente também se esforçava em nunca pensar em Rosita nem nos filhos, nem em si mesmo. A menor consideração por um ser humano parecia-lhe como um insulto a... a que mesmo? À situação de sua mãe? Ao seu sofrimento? — À sua memória?

"Calar-se. Sim, calar-se. Não saber mais o que significa falar. O que significa dizer. O que uma palavra designa, o que um substantivo nomeia. Esquecer que, às vezes, as palavras formam frases." O silêncio, assim como o jogo, esperava ele, o ajudaria a aplacar seus tormentos. Aspirava a um silêncio tão forte, tão contínuo, tão insistente, tão furioso, que tudo se tornaria longínquo, invisível, inaudível — um silêncio tão tenaz que tudo se perderia numa bruma de neve. Vicente queria que as vozes dos outros se calassem, as vozes ao redor, e a sua voz também. Ou melhor, queria que as *suas* vozes se calassem: aquela que ainda o fazia pronunciar, raramente, palavras que os outros podiam ouvir, e também aquela outra voz, muda, interior, que lhe falava cada vez mais e ressoava ora como a de um amigo íntimo, ora como a de um deus estrangeiro — a voz de sua consciência. Queria que tudo se calasse. Queria que tudo fosse, para sempre, tão silencioso como uma grande planície nevada. E para isso se esforçava com tanta perseverança, com tanta obstinação, que muitas vezes conseguia. Calava-se durante horas tão longas que mais nenhuma voz do mundo exterior lhe chegava, mais nenhum pensamento interior se articulava em sua cabeça. A música o ajudava. *A paixão segundo são Mateus*, os concertos para piano de Mozart e, sobretudo, composições ligeiras de Beethoven: *Pour Élise*, a *Sonata ao luar*, as *Bagatelas*, as *Variações*. "Alemães. Três alemães. Embora Mozart... Mas até ele mesmo, parece, se considerava alemão." Na loja, Vicente escutava certas peças ininterruptamente, para fazer com que a menor de suas lembranças se calasse e a menor imagem criada por sua imaginação se apagasse. Mas, depois de algumas semanas, a música também deixara de lhe ser necessária. O silêncio a que ele se impunha bastava para que nada mais além de considerações sem interesse ainda passassem por seu cérebro durante as intermináveis horas em que, à noite, depois da saída de Yorgos, sentado sozinho lá no fundo da loja, ele olhava os passantes que iam rente à vitrine; ou então, aquelas outras horas, igualmente intermináveis, em que, sentado a uma mesa de pôquer, perdia o pouco dinheiro que lhe restava. "Mais nenhuma palavra. Mais nenhuma língua. Nem alemão, nem polonês, nem iídiche. Nem espanhol nem argentino. Mais nenhuma palavra. Mais nenhum nome.

Mais nenhum nome para nada. Nem para a música, nem para o piano, nem para a cadeira, nem para a mesa. Nem vitrine, nem loja, nem rua, nem carro, nem cavalo, nem cidade, nem país, nem oceano. Nem massacre. Nem dor. Nem. Mais. Palavras."

Rosita suportava, mal ou bem, essa nova maneira de viver. Achava o tempo cada vez mais longo, mas cuidava da casa, das refeições, das crianças, e passava as camisas do marido tão conscienciosamente como no passado. Muitas vezes, como naquele domingo à tarde de meados de agosto, ela o olhava ir e vir, respeitando o silêncio que ele lhe impunha. Contemplava-o sem fazer nada, sem dizer nada, e indagava por que o marido já não era o homem com quem se casara. Não sabendo exatamente quais eram os monstros que se agitavam em seu espírito, perguntava-se o que tinha feito, de que era culpada. "Amo-o. Amo-o amo-o amo-o não o amo amo-o. Amo-o. Não o amo. Amo-o. Mas por quê? Mas por que ele já não se barbeia como se barbeava antes? Por que se veste de qualquer jeito? Por que já não cuida de si mesmo? E por que já não se ocupa das crianças? Mesmo em silêncio? No entanto, não é difícil levá-las à escola como fazia antes, buscá-las de vez em quando... Por quê? Por que por que por quê? Por que não é mais aquele que era quando o conheci? Quando se casou comigo? Quando me amou? Quando o amei? Já não sei quem ele é. É isso. Nem mais nem menos. Não sei. Não sei mais. Às vezes olha para mim, às vezes sorri para mim, mas não sei. Amo-o. Amo-o amo-o amo-o. Mas não o amo. Será que ainda sei, será que ainda poderia dizer o que amo nesse homem que tanto amei, esse homem que foi, e que deveria ter sido para sempre, o homem da minha vida?" Rosita se fazia muitas perguntas, mas não encontrava nenhuma resposta. Pensava no marido, pensava também nos pais, no sofrimento deles. "Eles também, como Gustawa, viveram horrores. Eles também se defrontaram com atrocidades. Como, então, fizeram? Como fizeram para esquecer? Como puderam, chegando à Argentina, esquecer os pogroms? Como fizeram para deixar o passado atrás de si e viver de novo? O que abandonaram? O que apagaram? O que renegaram? A que se resignaram para que eu, meu irmão e minhas irmãs vivêssemos normalmente?" Rosita escolhera se casar com Vicente. Escolhera parar os estudos de farmácia para se tornar mulher dele. Ninguém a forçara. No entanto, era ela agora mais feliz que suas irmãs, ou que sua mãe, cujo casamento fora arranjado pelos pais junto com os pais de seu pai que moravam num *shtetl* vizinho? "Não consigo amá-lo. Como amar um homem que nunca mais está aqui? Que nem sequer está aqui quando *está* aqui? Não sei o que ele pensa, não sei o que ele sente, não sei o que ele quer. A última vez em que lhe acariciei a mão estava gelada como a de um cadáver."

Naquele domingo à tarde, como em tantos outros dias, Rosita olhou para o marido perambulando pelo apartamento, sem uma palavra, sem um olhar, nem para ela nem para as meninas que faziam seus deveres na mesa da sala de jantar. Depois ele foi se sentar no sofá para contemplar o céu através da janela. Vicente vivia num mundo em que elas quase já não existiam. A certa altura, Juan José, acordando da sesta, começou a chorar em seu quarto. Rosita acabava de começar a lavar a louça na cozinha. Esperou, de propósito, alguns lentos minutos. Perguntava-se se o marido ouvia o choro. Queria saber se ele se levantaria ou não para ir cuidar do filho. Mas esperou — e ele nada fez. E foi ela quem teve de parar de lavar a louça e ir pegar Juan José no colo.

Como quase todo dia, havia semanas e semanas, Vicente estava exausto. Naquele dia, já que era domingo e ele acordara um pouco mais cedo que de costume, saíra de casa e passara uma boa parte do dia andando, andando sem ir a lugar nenhum, como fazia com cada vez mais frequência, vagando como uma alma penada pelas ruas de Buenos Aires. A cidade transbordava de carros, quiosques, lojas, livrarias. E de mulheres, de mulheres cada vez mais belas, ou melhor, cada vez mais atraentes, cada vez mais elegantes. Com a opulência que a guerra no resto do mundo conferira àquele país recuado, enfurnado bem no sul da América do Sul, certas ruas de Buenos Aires pareciam ter se transformado em passarelas de desfiles de moda. Vicente amara essa cidade. Amara andar, percorrer as ruas, descobri-las. Adorara afastar-se do centro em direção aos bairros suspeitos, perigosos, de Boedo, Barracas ou Pompeya, tanto quanto em direção a La Recoleta, Palermo e Belgrano, esses bairros cada vez mais chiques que se estendiam para o norte, ao longo do rio. Entre o momento em que chegara a Buenos Aires em abril de 1928 e aquele inverno austral de 1942, as ruas da cidade tinham conquistado uma vida inacreditavelmente animada. A Argentina reencontrara a opulência que conhecera nos anos 1910. Deixara de ser aquele país pobre e periférico que havia se tornado depois da crise de 1930, e se transformara no que a Segunda Guerra Mundial fizera dela: um distante centro do mundo. Por causa do conflito que devastava a Europa, a imigração redobrara, arrastando não só aqueles pobres italianos e aqueles pobres espanhóis que jamais haviam deixado de imigrar desde o fim do século XIX, como também artistas e intelectuais famosos, assim como famílias europeias bem mais abastadas que as anteriores. Para os argentinos, tudo se tornara fácil. As lojas não esvaziavam, o menor negócio prosperava. Só Vicente, naquela cidade imensa, naquela cidade em festa, se sentia cada vez mais pobre, cada vez mais miserável.

Antes da guerra, ávido, querendo se tornar mais *porteño* que qualquer argentino, Vicente adorava andar por aquelas ruas em que ainda andava. Adorava ziguezaguear para não ignorar nenhuma, para conhecer todas. Andava horas e horas, contemplando as lojas e os passantes. Agora, ao contrário, ia às vezes até

Chacarita ou até La Boca seguindo uma só daquelas ruas retas da cidade, como se o lugar aonde seus passos podiam levá-lo não dependesse mais dele, como se aquilo já não tivesse nenhuma importância. Andava interminavelmente, com os olhos fixos nos pés. Depois, fazia o caminho contrário — pela mesma rua. Desde que recebera a carta da mãe, Vicente andava muito, sem sentir nenhum prazer em andar. Mas, ao mesmo tempo, como não sentia mais prazer em não andar do que em andar, inutilmente, inevitavelmente, continuava andando.

Andar sozinho sempre permitiu aos homens se calar — e pensar. Vicente, porém, andava unicamente para que o silêncio acompanhasse seus passos. Como no tempo em que ouvia música, ou como quando olhava o céu sentado no sofá de seu salão, quando andava, aspirava a que as palavras se ausentassem de seu espírito de tal forma que o próprio pensamento desaparecesse. Mas infelizmente se a imobilidade é o contrário da mobilidade, se o silêncio é o contrário da palavra, nada é o contrário do pensamento, nada se opõe a essa atividade do espírito: não pensar é apenas uma outra maneira de pensar. "E Berl? Será que ainda trabalha? Será que está lutando? Ou será que também baixou os braços? Como meu irmão, meu irmão mais velho, tão alto, tão forte, tão seguro de si, poderia ter sido reduzido a apenas um daqueles pobres-diabos que os jornais descrevem? Os alemães teriam conseguido humilhá-lo, esmagá-lo a esse ponto? Acaso conseguiram fazer dele, também, um animal servil?" Então, andando, depois de longos minutos a se debater com sua própria incapacidade de não pensar, Vicente voltava incessantemente a si mesmo, e aos demônios que naquele tempo o atormentavam.

Apesar da carta da mãe, apesar do artigo do *Daily Telegraph*, Vicente tinha apenas uma ideia muito vaga do que realmente acontecia na Europa. Os jornais, no mundo inteiro, começavam a falar timidamente das centenas de milhares de judeus que eram assassinados pelos nazistas. Mas sem conseguir imaginar o que é o assassinato de centenas de milhares de pessoas, praticamente todos continuavam descrentes. Depois do artigo do *Daily Telegraph* do mês de julho, dois jornais argentinos, *La Prensa* e *Crítica*, haviam denunciado que as deportações dos judeus tinham como destino lugares de extermínio. Em seguida, no dia 25 de novembro de 1942, o *New York Times* publicou um artigo sobre os campos de Bełżec, Sobibor e Treblinka e sobre as câmaras de gás e os fornos crematórios de Auschwitz. Esse artigo esclarecia que as pessoas idosas, as crianças, os recém-nascidos e os inválidos judeus da Polônia eram assassinados. Mas o artigo estava publicado só na página 10 do jornal e, mais uma vez, teve repercussão limitada.

Vicente, como o resto da humanidade, podia saber mas *não podia* saber. Não podia pôr nenhuma imagem no que se passava a doze mil quilômetros de distância dali onde se desenrolava seu drama pessoal. Não podia pôr nenhuma imagem, nem chamar aquilo por nenhum nome. Aliás, é surpreendente a que ponto não só Vicente, mas todos, tiveram dificuldade em nomear aquele acontecimento. No início, aquilo não se chamava *shoah* nem *holocausto*. Nem em francês nem em inglês, nem com minúscula nem com maiúscula. No início, aquilo não se chamava. Falava-se de "acontecimento", de "catástrofe", de "cataclismo", de "desastre", depois se falou de "hecatombe", de "apocalipse". Mas bem no início aquilo não tinha realmente um nome. A não ser para os nazistas, que o haviam chamado "solução territorial", depois "solução final", e tinham disfarçado esses nomes por trás de outros nomes a fim de que toda a empreitada se fizesse sorrateiramente (as câmaras de gás eram chamadas *Spezialeinrichtungen*, "instalações especiais", a morte por gás, *Sonderbehandlung*, "tratamento especial"), o que se passava na Europa, anos a fio, longe do vocabulário dos carrascos, era o que acontecia e que não se chamava. Como dizia

Churchill, era "um crime sem nome". Mais tarde, a partir do fim da guerra, muito se discutiu a respeito do nome que devia ser dado àquele acontecimento. Muito se discutiu porque dar um nome é sempre uma maneira de dizer alguma coisa que nunca foi dita e, ao mesmo tempo, dizer alguma coisa que sempre foi dita — ou que sempre foi silenciada, o que dá no mesmo.

Antes da conferência de Wannsee, os nazistas já tinham começado a falar de "solução final" e, estranhamente, esse eufemismo, como se os ocidentais soubessem na época o que hoje negam — que todos eles eram culpados —, continuou a ser empregado por todos durante decênios. "A solução final." Que expressão estranha, não é? Uma solução, sabemos, sempre traz outras perguntas, outros problemas. Essa solução, não. Essa solução, essa solução *final*, os compatriotas de Kant, Hegel, Schopenhauer e Nietzsche acreditaram que deveria resolver tudo.

Depois, preferiu-se falar de "genocídio", um termo híbrido formado pelo prefixo grego *génos*, que designa um grupo de mesma origem, e pelo sufixo latino *cidio*, derivado do verbo *caedere* (cair, abater). Criado por um judeu polonês em 1944 e escolhido pela ONU por causa da Segunda Guerra Mundial, esse substantivo nunca, porém, foi reservado ao extermínio do povo judeu — o que sempre fez aqueles que consideram que a Shoah foi um empreendimento único na história da humanidade desistirem de empregá-lo.

Pouco depois, os anglófonos tentaram o termo "Holocausto". Mas Holocausto sempre foi um sacrifício, um sacrifício aos deuses. Sempre designou essa ação que consiste em queimar *para* os deuses. Os homens, durante séculos e séculos, queimaram animais e ofereceram o melhor — a fumaça, o cheiro — a seus deuses. Em troca, pediram-lhes coisas. Quem escolheu a palavra "Holocausto" para rotular o massacre dos judeus teria esse significado na cabeça? Provavelmente jamais saberemos. Mas as palavras não dependem da crença de quem as diz: as palavras dizem o que elas se tornam, contam sempre uma história, *várias* histórias. O primeiro a escolher a palavra "Holocausto" disse, querendo ou não, que matar milhões de judeus era um sacrifício feito a certos deuses para lhes pedir certas coisas. Esperemos que, pelo menos, esse homem falasse, então, de seus deuses. Ou melhor, esperemos que esse homem imaginário tenha proposto essa palavra porque compreendeu que Deus estava morto, porque viu que Deus havia se dissipado para sempre na fumaça do holocausto humano exigido pela Raça, o mais guloso de todos os ídolos.

Depois de Holocausto, ou bem antes (já que o termo foi empregado desde a época talmúdica para designar a destruição de Jerusalém e dos dois Templos), houve também a palavra "Hourbane", cuja escolha foi ditada pelo desejo de incluir o acontecimento numa continuidade de catástrofes e destruições que vitimaram os judeus.

E, por fim, sobretudo na França a partir dos anos 1960, outro termo começou a se impor: a palavra bíblica "Shoah". Esse termo, já em voga em 1933, significa "destruição", destruição sem demanda, sem prece, destruição de tipo natural ou fatal, destruição em que não se trata de nenhum deus.

Em suma, como é frequente, a escolha de uma palavra ou de outra opôs, toda vez, dois campos (Aliados e nazistas, francófonos e anglófonos, judeus e goym), até que finalmente, com Shoah e Hourbane, os judeus se opusessem entre si: de um lado, os que acreditam que o acontecimento é único; de outro, os que acreditam que é apenas mais um desastre. Mas, como se sabe, basta pôr dois judeus numa mesma sala para ter três opiniões.

Naquele domingo do mês de agosto de 1942, depois de ter passado boa parte do dia andando, Vicente voltou para casa na hora em que começava a chover. Voltou "assim", como agora fazia tudo o que fazia: sem nenhuma razão aparente. Voltou como sempre voltava ultimamente, sem que jamais se soubesse se ficaria para jantar, se dormiria lá ou não. As meninas estavam comportadas. Faziam seus deveres. Eram boas alunas. Às vezes, ainda às vezes, Vicente punha os olhos nelas. E Rosita não podia deixar de se lembrar, observando aquele olhar, como ele as amara, como as adorara, assim como não podia deixar de imaginar que certamente ainda as amava, embora fosse incapaz, desde que recebera a carta da mãe, de lhes expressar o menor sinal de afeto. Em compensação, Juan José, que o esperava, que se virava o tempo todo para ele, que precisaria tanto que o pai lhe falasse, se ocupasse dele, Vicente parecia nem sequer se dar conta de que ele existia, de que crescia, de que o chamava de papai. De vez em quando o olhava um pouco, desconsolado ou irritado, como se tivesse especialmente zangado com ele. Sem conseguir formular isso, sem conseguir compreendê-lo, pouco a pouco Vicente começava a fazê-lo pagar pelo sentimento de culpa que sentia pela mãe, essa culpa que, a partir daquele ano, corroeria suas entranhas para sempre.

— E se saíssemos para tomar um lanche?

Como Vicente nunca mais propusera nada, Rosita tomou a dianteira. Já que era domingo e as crianças não tinham escola, já que não tinham saído o dia todo e que eram cinco da tarde, já que a loja estava fechada e Vicente estava em casa com eles, Rosita propôs que fossem, os cinco, até a Confitería Ideal, o lugar onde seu irmão León lhe apresentara seu futuro marido. Sabia que Vicente sempre gostara daquele salão de chá onde tinham se encontrado pela primeira vez. Sabia que ele sempre apreciara aquele lugar decorado unicamente com materiais e móveis importados da Europa. Vicente conhecia o proprietário, don Manuel, e ele é que um dia lhes dissera, fazia anos, pouco depois do casamento, que as poltronas do salão vieram de Praga, que os grandes lustres eram franceses, que os vitrais que ornamentavam o teto tinham sido concebidos na Itália, que os lambris eram de carvalho esloveno e que o mármore das colunas e das escadas e os cristais bisotês das vitrines e o bronze dos apliques murais também vieram, todos, das grandes capitais europeias — aonde um dia, Vicente então prometera a Rosita, ele a levaria.

Ao entrar no salão com o marido e os filhos, Rosita não pôde deixar de esquecer o presente e sorrir ao se lembrar daquelas promessas. Lembrava-se daquelas promessas e da tagarelice incessante de Vicente à época. "Como ele pôde ser tão loquaz, tão prolixo — tão sedutor? E como pode agora me esquecer dessa maneira?"

Vicente, por sua vez, ao entrar no salão com a família, e depois buscando uma mesa livre para se sentarem, não pensava em nada. Se em casa ele concordara com a proposta da mulher, se andara pela rua segurando as filhas pela mão, se esteve quase presente por algumas dezenas de minutos, assim que entrou na Confitería Ideal acendeu um cigarro e o branco ocupou mais uma vez a totalidade de seu cérebro. Sentou-se e começou a fumar, ignorando as palavras que suas filhas trocavam, ignorando a solidão de seu filho, ignorando a triste nostalgia de sua mulher. O mundo exterior novamente deixou de existir. Seus pensamentos novamente haviam se perdido na grande planície nevada. Ele não sentia mais nada. Só algumas gotas de ácido caíam regularmente em seu ventre, abrindo um sulco lancinante para lhe lembrar sua infelicidade. Vicente não sentia nem pensava em nada — a não ser num momento exato, quando seus olhos cruzaram com os de Rosita e ela os desviou para contemplar o lugar: de repente, ele não conseguiu deixar de pensar que ela certamente se lembrava do primeiro encontro e das dezenas de vezes que tinham voltado àquele lugar, e de suas palavras e da felicidade deles. E então pensou, dolorosamente, que tudo de que ela se lembrava fora verdade: fora verdade que ele imaginou leva-la à Europa, como fora verdade que ele amou aquele lugar e aqueles materiais — aquele lugar e aqueles materiais que lhe lembravam seu passado, e que agora ele detestava.

Depois do lanche, Rosita, Vicente e as crianças voltaram para casa, devagar. O silêncio do pai contagiou toda a família, e os filhos, até mesmo Juan José, que estava perto de completar cinco anos, por mimetismo ou respeito, se acostumaram a passar longos minutos sem dizer uma palavra. Caminhando, a certa altura o menino buscou a mão do pai. Mas Vicente a recusou. Assim que sentiu a mão do filho roçar na sua, quase sem se dar conta a retirou; e de ombros curvados, cabeça baixa, continuou a andar. Rosita flagrou aquele gesto carinhoso do filho e a resposta cruel do marido, e trincou os dentes para não chorar. "Mas por quê? Por que ele faz isso? Por que nunca mais está presente? Por que nunca mais pensa em nós? Por que já não nos ama? Por quê? Por quê? Por que tudo acabou? Por que insiste tanto nesse silêncio que nos mata, que destrói as crianças, nossa família, nosso amor, nossa vida?"

Naquela noite, as crianças foram dormir tarde. Rosita leu uma história para elas, depois outra, e mais uma. Então, cansada de ter cuidado sozinha dos filhos durante o dia todo, tirou a maquiagem, escovou os dentes e foi beijar o marido antes de se deitar. Vicente não pronunciou a menor palavra, mas aceitou o beijo na testa e pousou a mão sobre a dela por um instante. Rosita foi para o quarto e Vicente ficou sentado calado, no salão, com os olhos fixos na janela escura que dava para a varandinha, contemplando o céu negro. Ficou ali uns dez minutos. Depois, também foi embora. Levantou-se, pegou o casaco e saiu do apartamento para buscar na noite de Buenos Aires uma mesa onde jogar pôquer.

Rosita, sem conseguir afastar do pensamento as perguntas que a torturaram o dia todo, já apagara a luz mas ainda não dormia: ouvira o marido sair, como quase toda noite havia meses, e deitada sozinha na cama chorou longamente, abafando os soluços no travesseiro. "Por quê? Por que ele já não me ama? Por que já não me beija? Por que já não transa comigo?! Por que já não transa comigo — mesmo em silêncio?!" Rosita chorou inconsolável, até ouvir uma vozinha às suas costas:

— Mamãe?

Martha e Ercilia estavam ali, ao lado da cama, em pé e de mãos dadas na penumbra. As duas a encararam, um pouco desconsoladas e um pouco assustadas.

— É Juanjo... ele acordou...

— ... e a gente te chamou, mas...

Rosita não as ouvira chamar. Chorava demais para escutá-las. Levantou-se, desculpou-se por não tê-las ouvido, apertou-as nos braços e as acompanhou até o quarto delas, onde acalmou Juan José, que logo tornou a dormir. Desculpou-se de novo com as filhas, arrumou as cobertas da cama e as beijou.

— Mas por que você está toda molhada?

Rosita nem percebeu que tinha chorado tanto que seu rosto ainda estava encharcado de lágrimas.

— O que é que aconteceu?

— Nada, nada... não é nada...

Rosita enxugou o rosto, tranquilizou as meninas, beijou-as de novo e deixou a luz acesa quando foi se deitar. Deixou a luz acesa para tranquilizar as filhas, e também para tranquilizar a si mesma.

Numa noite do início do mês de fevereiro de 1943, quando acabavam de voltar de Mar del Plata, Vicente e Rosita receberam a visita de um homem de uns trinta anos que nem um nem outro conheciam: o dr. Moshé Feldsher. Usando um paletó de lã, uma pequena echarpe cinza e um chapéu escuro, ele batera à porta do apartamento num sábado especialmente abafado daquele verão austral. Ao ver suas roupas, quentes demais para a estação, Vicente logo adivinhou que fazia pouco que ele chegara a Buenos Aires. Moshé Feldsher era um amigo de Berl. Trabalhara a seu lado no gueto, de onde tinha conseguido fugir seis meses antes. Em iídiche, contou o longo périplo que fizera da Polônia à Rússia e em seguida à Finlândia, de onde conseguira tomar um barco para o Brasil. Depois de ficar bloqueado por quase duas semanas em São Paulo, chegara enfim a Buenos Aires. Fora o próprio irmão mais velho de Vicente que lhe dera o endereço deles. Moshé Feldsher contou que Berl e a mulher tinham lhe ajudado muito quando ele chegara, deportado de Berlim, ao gueto de Varsóvia, e disse que tinham trabalhado juntos:

Durante os primeiros meses, consultavam-nos para diversas doenças, sobretudo tifo e tuberculose. Trabalhávamos dezesseis, dezoito horas por dia. Tentávamos encontrar soluções para tratar todos os pacientes, embora a maioria não tivesse como pagar. Depois, pouco a pouco, como todos os medicamentos começaram a faltar, só passamos a nos interessar por uma doença, a única sobre a qual jamais tinham nos ensinado nada durante nossos estudos...

— Ah, é? Qual? — perguntou Rosita, da cozinha, onde estava preparando o café.

— A fome.

Como Vicente não dizia nem uma palavra, Rosita voltou para o salão e continuou a conversa:

— Mas... não entendo... Por que não ensinaram nada sobre a fome?

— Por uma razão muito simples: porque é a única doença que não se pode tratar.

Moshé Feldsher pegou a xícara de café que Rosita lhe estendia e lhe agradeceu com um sorriso.

Fazendo um enorme esforço para vencer o silêncio que o submergia havia semanas e semanas, Vicente conseguiu articular três palavras naquela língua que ele já não falava desde que saíra de Varsóvia:

— E minha mãe?

Moshé Feldsher lhe deu notícias dela, se é que se podem chamar "notícias" informações que datavam de seis meses antes. Quando ele conseguira fugir, dissera-lhe, ela ainda estava viva e, embora enfraquecida, não sofrera com a tuberculose nem com o tifo.

— Talvez, afinal, sirva de alguma coisa ter um filho médico — ele brincou, gentil.

Com um distanciamento que Vicente custava a suportar, Moshé Feldsher continuava a falar do gueto, da guerra, de sua noiva, que, felizmente, fugira com ele e esperava um filho. Depois, terminou o café e, talvez irritado, por sua vez, com o silêncio do anfitrião, foi embora logo que Rosita lhe propôs ficar para o jantar. Vicente mal lhe disse adeus e virou-se para a varandinha que dava para a sala. O dia não acabava de morrer. O céu já estava escuro e o horizonte, salpicado de longas nuvens claras, tinha cores de mel e sangue. O dia morria lentamente. Morria lentamente de uma lenta morte sangrenta.

Como ultimamente costumava acontecer, Vicente quisera falar mas não conseguira. Como poderia ter falado da forma como aquele homem falara, com tamanha displicência, com tamanha leviandade, com tamanha bonomia, quando o destino de sua mãe e de seu irmão talvez estivesse sendo decidido, neste momento, a doze mil quilômetros de distância? Pouco depois da saída de Moshé Feldsher, quando o céu ficou totalmente preto, sempre sem uma palavra Vicente pegou o paletó e também saiu. Encontrou Sammy na sala dos fundos, enfumaçada, de um bar do El Once e jogou pôquer até de madrugada, perdendo tudo o que tinha no bolso. Depois, em vez de voltar para casa, com o coração duro de vergonha, foi à loja. Deitado num sofá encalhado no depósito do subsolo, tentou descansar algumas horas. Mas seu sono não lhe proporcionou nenhum descanso. Naquele dia, teve pela primeira vez um sonho que iria ter inúmeras vezes pelo resto da vida. Sonhou que estava em sua cama e acordava e se levantava e observava que tinham construído um muro ao seu redor. Dava a volta no muro mas o muro o cercava, e ele estava trancado, completamente trancado. Vicente tentava pular, furar, bater, mas o muro era muito alto e indestrutível. Como se debatia, o muro começava suavemente a ranger e a se mexer e a se comprimir. Comprimia-se cada vez mais, até não deixar mais nenhum espaço livre. Vicente batia no muro com todas as suas forças e berrava e lutava e se sufocava e berrava de novo. Mas não adiantava nada: o muro se comprimia cada vez mais, sufocando-o cada vez mais. De repente, Vicente notava que tinha uma faca na mão. Enquanto o muro se comprimira tanto que começava a grudar no seu corpo, e ele perdia a esperança de encontrar um pouco de ar, Vicente empunhava a faca e conseguia bater no muro e furá-lo. Furava o muro, esburacava-o, fazendo um corte, e esse corte começava a sangrar — e lhe doía.

Era naquele momento, ao compreender que o muro era sua própria pele e que ele não tinha opção a não ser morrer sufocado ou se mutilar para morrer também, que Vicente acordava ofegante, suando. Era quase meio-dia. Vicente se acalmou, recuperou o fôlego, levantou-se e saiu da loja. "Um domingo a mais", pensou ao voltar para casa. "Um domingo inútil, um domingo à toa, um domingo que antecede uma segunda-feira igualmente vã, igualmente inútil. Um domingo. Dois domingos. Três domingos. Um domingo para contar os domingos. Como se os dias e as semanas ainda pudessem ter importância." A vida de Vicente Rosenberg, como tantas vidas, como a de vários milhões de judeus, de centenas de milhares de ciganos e de dezenas de milhares de comunistas que tinham perdido ou perderiam seus parentes nos campos — sua vida, como a de todos aqueles outros seres perdidos pelo mundo afora, prosseguia. Prosseguia, sem ir a lugar nenhum. Continuava como costumam continuar as vidas: sem objetivo, absolutamente desprovidas de significado. Vicente continuava vagamente a trabalhar, continuava vagamente a cuidar dos filhos, continuava vagamente a amar sua mulher. Buenos Aires prosperava, animava-se, resplandecia, e Vicente, em silêncio, continuava a viver sem o menor desejo, sem o menor prazer. Descia de casa, andava pela rua para ir à sua loja de móveis, recebia os fregueses, vendia quartos de dormir, salões, salas de jantar. Às vezes, quase gostava disso. Às vezes, quase gostava daquela rotina irrisória, insignificante. Às vezes, quase gostava de viver — como gostava, quase, para calar seu sentimento de culpa, de jogar até de madrugada e perder tudo o que a loja lhe rendia. Pois Vicente jogava como se o jogo não tivesse outro objetivo além de perder. Jogava cada vez mais, e perdia cada vez mais. Noite após noite, jogava, jogava, jogava, e perdia, perdia, perdia. Perdia como se perder tudo pudesse bastar para pagar suas dívidas.

Rosita não sabia mais o que fazer com o marido. "Lembro-me de quando nos conhecemos. Lembro-me de seus braços de suas mãos de sua boca. Lembro-me de que ele era tudo. Lembro-me de que ele era ele e ele era eu e eu não era mais nada. E como era tão bom não ser mais nada." Rosita deixava as lembranças divagarem. Pensava em suas mãos em seus olhos em sua língua que tinham provado tudo o que ela tinha de saboroso em seu ser. A intimidade fora tão forte. E tão doce ao mesmo tempo. "Lembro-me de que ele jamais podia esquecer nem meu corpo nem minha alma nem meus lábios nem minhas faces nem o que ele chamava, mas como é que ele chamava? Ah, sim: a suave porcelana de minha pele. Falava tão depressa tão bem tão suave tão tudo. Estava ali. Sim, é isso: estava ali. Sim, ali! Ele era ele, e ele eram dois, e ele eram dez também. Ele era como um rio ou como um mar ou como uma torrente. E uma lágrima também. E uma pedra. Ele era como um recife no meio do meio do oceano." Rosita se lembrava e às vezes isso a deixava feliz, isso a fazia sorrir; e frequentemente, muito mais frequentemente, lembrava-se e isso a tornava infeliz, fazia-lhe mal, e ela chorava desesperadamente. "Amei-o. Amei-o tanto. Amei-o mais que a mim mesma." Rosita se lembrava dos tempos antigos e também compreendia, cada vez melhor, o que acontecia no presente. Compreendia que Vicente não podia se perdoar por não ter conseguido salvar a mãe, mas não sabia como ajudá-lo — nem como salvá-la, é claro, nem com fazê-lo se perdoar. "Eu poderia tentar convencê-lo de que ele não tem nada a ver com isso, que fez o que pôde... Mas para quê? Sei muito bem que não é verdade, e ele também sabe. Mesmo que lhe tenha escrito, anos atrás, dizendo que ela precisava sair de Varsóvia, mesmo que lhe tenha escrito para que viesse se instalar em Buenos Aires, nunca fez verdadeiramente alguma coisa para que isso acontecesse. Ele sabe disso. Sabe que teria sido necessário fazer outra coisa, que teria sido necessário fazer bem mais do que lhe escrever. Teria sido necessário ir buscá-la. Ou pelo menos escrever ao irmão para convencê-lo a trazê-la para cá. É esse o problema: não adianta nada tentar aliviar seu sentimento de culpa — simplesmente porque ele tem razão em se sentir culpado." Rosita pensava todos os dias na situação em que estava o marido, mas nunca encontrava solução para o problema. Pensava que ele estava certo em ir embora da Polônia, que estava certo em se afastar da mãe, do irmão, da irmã. Pensava que ele estava certo em partir para longe a fim de crescer, tornar-se um adulto — tornar-se ele mesmo. Mas também sabia que ele mentira dizendo à mãe que queria que ela vivesse com eles em Buenos Aires, como sabia que ele mentira a si mesmo ao acreditar que salvaria a todos da catástrofe que pressentira ao sair da Europa. E essas mentiras e esse sentimento de culpa impossibilitavam qualquer diálogo. Nas raras ocasiões em que tentara abordar o assunto para consolá-lo, aliviá-lo, isso apenas envenenara as coisas. E quando apenas tentara acompanhá-lo, partilhar seu silêncio, tinha sido ainda pior: naquelas últimas semanas, a única vez que ele aceitara sua presença silenciosa, quando ela nada dissera, quando estavam sentados no sofá da sala e ela o apertava nos braços por algum tempo, acariciando delicadamente sua cabeça, ele acabara estourando e lhe dizendo que ela não entendia nada, que não podia entender nada, que jamais poderia entender alguma coisa, que para entender o que lhe acontecia seria preciso que sentisse a mesma coisa que ele — mas que nunca seria o caso, já que seu pai e sua mãe tinham conseguido fugir dos pogroms e continuavam lá, a seu lado, em Buenos Aires.

Um acontecimento independente de sua vontade iria, porém, transformar a dolorosa monotonia daqueles dias sombrios. Numa noite depois do trabalho, umas poucas semanas após a visita do dr. Moshé Feldsher, quando Vicente contemplava Sammy jogar bilhar sozinho no fundo do Tortoni, Ariel entrou no café às pressas, com um imenso sorriso nos lábios. Estávamos no fim do mês de abril de 1943 e Ariel se precipitou para junto dos amigos a fim de lhes mostrar a manchete de *La Idea Sionista*: os habitantes do gueto de Varsóvia tinham pegado em armas contra os alemães. Ariel estava eufórico. E Sammy e Vicente não demoraram a dividir seu entusiasmo. Ariel pediu champanhe e beberam e falaram e saíram do Tortoni e foram para o hipódromo de Palermo. E naquele dia, pela primeira vez em meses, Vicente ganhou nas corridas. Voltou para casa pouco depois do jantar, com um belo maço de notas no bolso. Rosita olhou para ele, pasma com o sorriso que iluminava seu rosto.

— O que aconteceu?

— Eu... eu ganhei... e... eles se revoltaram! Eles se revoltaram!!... Já imaginou? Eles pegaram as armas e parece que mataram dezenas de alemães!

A euforia levara Vicente não só a exagerar um pouco o número de nazistas mortos mas, por alguns minutos, a reencontrar sua língua e a falar longamente com a mulher sobre a notícia que lera no jornal, assim como sobre o que lhe contara Ariel, que conversara a respeito com o primo, que redigira a notícia. Um otimismo irracional invadira seu coração. Convencido, como outros, de que o resultado do combate no gueto era incerto, Vicente, por duas semanas, retomaria a leitura dos jornais e falaria sobre ela todos os dias. Sua esperança, seu otimismo, sua euforia, que Rosita acolhera alegremente, eram irracionais e, ao mesmo tempo, não eram, já que por um curto instante os moradores do gueto tinham realmente conseguido resistir aos soldados alemães. Na verdade, ao saber que as deportações maciças iniciadas em julho de 1942 não se destinavam, nem de longe, a campos de trabalho situados mais a leste, mas se concluíam nas câmaras de gás de Treblinka, duas organizações judias do gueto, apoiadas pela resistência polonesa, pegaram em armas. E tinham conseguido, num primeiro momento, levar ao fracasso a nova tentativa de controle do gueto pelo Exército alemão. A luta, rua por rua, casa por casa, duraria quase um mês. Enquanto isso, em Buenos Aires, Vicente iria recomeçar a falar, e também a cuidar dos filhos e a amar a mulher. Sem outras notícias da mãe além das que datavam de mais de seis meses, transmitidas pelo dr. Moshé Feldsher, ele pensara que seu destino ainda não estava decidido, e que certamente tudo se resolveria naquele momento, nas ruas do gueto de Varsóvia.

A esperança foi de curta duração. Na segunda tentativa, o Exército alemão não apenas retomou o controle do gueto: a maioria das casas foi destruída e os insurgentes foram dizimados. No dia 12 de maio de 1943, Samuel Zygelbojm, que fora o primeiro a alertar o público sobre o massacre que os nazistas perpetravam na Polônia, se suicidava em Londres em sinal de protesto contra a passividade da comunidade internacional. E no dia 16 de maio, apesar de alguns combates esporádicos que durariam até o mês de julho, Jürgen Stroop, o chefe da polícia e dos SS do distrito de Varsóvia, fazia explodir a Grande Sinagoga para celebrar a vitória contra a insurreição. "A sinagoga era um edifício solidamente construído, e para derrubá-lo foi preciso um longo trabalho de escavadores e de eletricistas. Mas que maravilhoso espetáculo! O oficial dos sapadores me deu o detonador, eu gritei *Heil Hitler* e apertei o botão. Uma imensa explosão fez subir chamas até as nuvens. As cores eram inacreditáveis. Uma alegoria inesquecível do triunfo contra a judiaria." Foi nesses termos, como se ele fosse uma criança a quem se oferecesse um brinquedo que faz "bum", que Stroop relatara a explosão. E, de fato, a realidade se reduzira a isso: Stroop esperara que o longo trabalho dos escavadores estivesse terminado, apertara o detonador e aquilo fizera "bum". No final da primavera boreal, quase todas as casas situadas no interior do gueto, assim como a Grande Sinagoga, situada fora do gueto, não eram mais que um vasto campo de ruínas.

Wincenty querido,

Não recebi mais nenhuma notícia sua. Talvez você tenha me escrito mas o correio já não funciona como antes. Mais nada funciona como funcionava antes. Espero, mesmo assim, que você receba esta carta. Shlomo me disse que conseguiria fazê-la passar para o outro lado, para que ela lhe seja enviada. Vendemos quase tudo. Os móveis, os livros, as roupas. Mais nada tem o menor valor. O pouco que resta, até mesmo o último anel que eu tinha guardado, aquele que seu pai me ofereceu quando nos conhecemos, agora não vale mais nada. A única coisa que tem valor é a comida. E, como todo mundo, sentimos fome. É uma sensação terrível. Jamais acreditei que fosse possível ter fome assim. Ontem, Berl viu dois homens na rua espancando uma criança por algumas batatas. A criança ainda não tinha nem dez anos. Eles a deixaram na calçada, semimorta.

Os soldados alemães vêm de noite e entram nos apartamentos. Matam sem razão. Dizem que fazem o que lhes mandam fazer. Alguns estão embriagados e vêm com machados. Mas a maioria tem olhares que, com o inverno, se tornaram tristes como os nossos.

Por favor, Wincenty, envie-nos o que puder. Não sei se isso chegará até nós, mas envie-nos assim mesmo. Saber que nos enviou alguma coisa será quase tão bom como receber. Espero que Rosita e as crianças estejam bem e que a loja funcione.

Sua mamãe que te ama

As primeiras flores dos jacarandás já começavam a colorir o céu de Buenos Aires com seu pálido azul-violáceo quando Vicente recebeu essa nova carta da mãe. Por motivos que jamais compreenderia, a carta levara meses e meses para chegar de Varsóvia. Apesar da dor, apesar da aflição, apesar do estado de perturbação profunda em que a leitura o afundara, ele lhe respondeu no próprio dia. Disse-lhe que Rosita e as crianças estavam bem, que tudo na loja corria muito bem e, com um sentimento de culpa que jamais sentira antes, enfiara duas notas de cinquenta dólares no envelope.

Depois de ir ao correio, Vicente voltou para casa. Não tinha falado com Rosita. Não tinha lhe dito que recebera uma nova carta. Como teria podido, como teria ousado repetir à mulher as palavras desesperadas da mãe? Naquela noite, Vicente não saiu de casa para ir jogar. Jantou com Rosita e as crianças sem proferir uma só palavra e foi dormir cedo. Queria dormir. Nada mais. Queria dormir e esquecer. Sonhava um sono sem palavras, sem pensamentos, sem imagens. Mas adormeceu e sonhou de novo aquele sonho que tinha tão frequentemente desde que recebera a visita do dr. Moshé Feldsher. O despertar na cama, o muro intransponível que o cercava, que se comprimia até sufocá-lo... tudo era parecido, a não ser pelo fato de que a faca, que lhe serviria ao mesmo tempo para conseguir um pouco de ar, para respirar e para se matar perfurando a própria pele, em vez de aparecer na sua mão, por magia, lhe era entregue pela mãe, que saía não se sabe de onde.

Mais uma vez, acordou sobressaltado, sem fôlego. Rosita estava ao lado, com a mão em seu ombro. Ainda aterrorizado, Vicente levou um instante para reconhecê-la.

— Tudo bem?

Como Vicente não respondia, Rosita fez um gesto para acender a lâmpada da cabeceira. Mas Vicente a interrompeu.

— Não, não, deixe... está tudo bem.

Pegou sua mão e a apertou contra o rosto. Rosita deixou a luz apagada. Pôs a cabeça no travesseiro, virando-se para ele.

Vicente conservou a mão da mulher em seu rosto e tornou a adormecer, virando-se também para ela. Com os rostos frente a frente, e a mão de Rosita presa sob a face de Vicente, como duas crianças um pouco assustadas, ficaram de olhos abertos no escuro. Vicente pensava na carta da mãe. Lembrava-se das palavras e ouvia sua voz calma e cantante, e um pouco rouca também. Ouvia muito claramente a voz da mãe, como nunca a ouvira desde que saíra de Varsóvia.

Na penumbra, inquieta, Rosita o olhava fixamente. Vicente estava com um ar tão distante, tão desamparado, tão debilitado. Rosita tentou lhe sorrir um sorriso que queria tranquilizá-lo — mas que parecia, sobretudo, desconsolado. De qualquer maneira, Vicente não reagiu àquele sorriso: na verdade, mal o notou. Seus olhos, naquele exato instante, penetravam nos de sua mulher para se perderem muito longe, mais além da cama, do quarto, do apartamento, da cidade, do oceano: seus olhos, naquele exato instante, vagavam sem fim pelas ruas nevadas de Varsóvia.

No entanto, de repente, ao abandonar abruptamente a lembrança da mãe e da cidade, Vicente retornou ao quarto e olhou para a mulher. Olhou tão fixamente como ela o olhava. E profundamente, e perdidamente também. E Rosita, reparando nessa mudança brusca em seu olhar, não pôde deixar de lhe perguntar:

— Me diga...

Rosita não sabia o que queria que o marido lhe dissesse, não tinha nenhuma ideia do que ele poderia lhe dizer, mas lhe pediu, suavemente, para falar com ela. Vicente a olhou de novo, calado, por um longo momento. Gostaria de lhe responder alguma coisa, lhe dizer o que sentia, o que a carta da mãe provocara nele, ou então, pelo menos, lhe dizer outra coisa, uma parte bem pequenininha do que sentia, algumas palavras do que a carta dizia, ou até mesmo mentir, tranquilizando-a com uma mentira inofensiva. Gostaria de ter lhe respondido qualquer coisa, só para mostrar que a ouvia, que ela existia — mas não conseguiu. Já passara por essa sensação depois de ter recebido a carta anterior da mãe, mas foi só após ter lido esta que sentiu que não só não queria mais falar como não podia mais falar. Queria falar, mas, prisioneiro do gueto de seu silêncio, não *podia* falar. Já não sabia.

Sobre essa carta — que foi a última —, Vicente nunca diria uma palavra à mulher, nem aos filhos, nem a mais ninguém.

No dia seguinte a essa noite movimentada, como vinha fazendo havia tempos desde que era casado, mais ou menos uma vez por mês, Vicente foi almoçar com a mulher e os filhos na casa dos pais de Rosita. "La Fábrica", como ele chamava a casa onde moravam e que ficava ao lado da oficina onde se fabricavam os móveis de madeira, era uma dessas grandes construções de um andar que abrigam um pátio, típicas de Buenos Aires; e aquele almoço mensal, aquele pequeno festim familiar, era um acontecimento que Martha e Ercilia já começavam a esperar e a exigir ardentemente. Pais, filhos, netos... muitas vezes havia pelo menos uns vinte convivas. Vicente nunca tinha apreciado de fato aqueles encontros familiares, mas sempre participara, benevolente. Ainda que a julgasse (como dissera uma vez a Rosita para que ela achasse graça) "um pouco caipira", gostava da família da mulher. E agora que as crianças cresciam, agora que as meninas esperavam tão felizes por esse momento em que encontravam os inúmeros primos, o acontecimento tinha, até mesmo a seus olhos, algo de inevitavelmente alegre.

Antes de irem para a mesa, naquela sexta-feira, como toda vez que iam almoçar, nos últimos três anos, o pai de Rosita, Pini Szapire, que os primos já chamavam pelo nome redundante de "*abuelo* Zeide", pedira a Vicente notícias da loja. Ele vivia inquieto com o destino do genro, queria sempre averiguar se estava trabalhando bem, se a loja que lhe confiara prosperava — mas também gostava, muito simplesmente, de falar de "móveis".

— Então, o que me diz dos novos bufês de quebracho? Viu aqueles acabamentos?

Vicente fizera um imenso esforço e conseguira lhe responder laconicamente, dando-lhe breves e boas notícias: como todas as lojas de Buenos Aires naqueles anos, sua loja de móveis, embora cuidasse cada vez menos dela, ia bastante bem.

Uma vez à mesa, enquanto se servia da tradicional galinha ao limão com batatas ao forno e as crianças se precipitavam para devorar seus pratos, Vicente reencontrou sua dor — e seu silêncio. "Sentimos fome. É uma sensação terrível. Jamais acreditei que fosse possível ter fome assim." Vicente olhou para as crianças, para a comida, e se lembrou das palavras da última carta da mãe, daquela carta sobre a qual jamais falara com alguém. Será que ela ainda sentia fome? Será que sentia fome e sede neste exato momento em que ele, a mulher e os filhos se deliciavam com a família em Buenos Aires? Por quê? Por que a faziam sofrer isso? Por que ela não estava ali com eles, em torno daquela mesa, desfrutando de seus netos, como faziam os pais de sua mulher? Vicente olhava para a galinha, para as crianças, os adultos, e torturava-se fazendo-se essas perguntas. E não apenas não encontrava resposta: nem sequer tentava encontrá-las. Para que buscar uma resposta? As perguntas mais simples, essas cujas respostas parecem evidentes, costumam ser as mais cruéis — são as mais cruéis justamente porque não têm nenhuma razão de ser feitas.

Sedento, observei um belo gelo que pendia lá fora, abri a janela e o peguei. Um guarda do campo veio até mim e o arrancou de minhas mãos, brutalmente.

— Warum? — *perguntei-lhe em meu pobre alemão.*

— Hier ist kein warum — *ele me respondeu, e me empurrou para dentro.*

"*Hier ist kein warum.*" Aqui, não há por quê. Anos depois é que Vicente leria essas palavras de Primo Levi, essas palavras que resumem a vontade que os nazistas tiveram, nos campos, de criar um espaço absolutamente diferente, um espaço onde não haveria por quê. Durante os anos sombrios em que, em Buenos Aires, arrasado pelo sentimento de culpa, Vicente a um só tempo esperara e temera receber notícias da mãe, e não encontrara nenhuma resposta para as mil perguntas que agitavam seu coração, várias vezes ele pensou que havia muitas coisas que não tinham por quê. Foi só bem mais tarde, descobrindo a realidade do que fora a Shoah, que compreendera que a diferença era simples: na vida há coisas que não têm por quê; nos campos, os nazistas fizeram questão, e conseguiram, que *nada* tivesse por quê.

Vicente não soube, antes do fim da guerra, tudo o que saberia, brutalmente, mais tarde. Mas, desde que lera a última carta da mãe, pôde suspeitar o suficiente para não querer mais falar disso. Soube o suficiente para decidir não manter mais os olhos semicerrados, mas, ao contrário, fechá-los de todo: de um dia para outro, deixou novamente de escutar o rádio, ler jornal, seguir as conversas no café. Decidiu que nunca mais falaria de nada daquilo — de nada daquilo, nem do resto.

E nessa fuga imóvel, nessa busca incessante da ignorância, nessa escolha funesta por uma morte lenta e meticulosa, só uma coisa lhe permitiria sobreviver: o jogo. Os cavalos, o cassino — e o pôquer, sobretudo. Como em todas as noites, na daquela sexta-feira do início do verão austral, depois que voltaram do almoço familiar, Vicente saiu do apartamento para encontrar uma mesa de pôquer.

Durante os dois últimos anos da guerra (e mesmo depois, praticamente até a sua morte), o jogo lhe permitiria sobreviver porque às vezes, raramente, durante algumas horas ou alguns dias, ele podia fingir que era muito rico; e, inversamente, quase sempre, o jogo lhe permitiria sobreviver porque lhe propiciava ser muito pobre: perder tudo e sofrer. Assim como o silêncio, o jogo se tornaria sua prisão, e sua punição. Quando ia às corridas, ou quando se sentava à mesa de pôquer, ou quando ia passar o fim de semana com Ariel e Sammy no cassino de Mar del Plata ou de Montevidéu, tudo lhe parecia retomar seu lugar: já não se tratava de viver, de construir pouco a pouco, judiciosamente, tratava-se apenas de jogar tudo em uma só tacada — com a esperança de perder tudo em uma só tacada.

Rosita o amava o bastante para acompanhá-lo nesse sofrimento, mas ele não quis que ela o acompanhasse. Suas filhas, que estavam com sete e nove anos, já eram suficientemente grandes para começar a compreender, mas ele não quis que elas compreendessem. Depois de ter conseguido imaginar o pouco que imaginara ao ler a última carta da mãe, Vicente preferiu calar-se e jogar. Sua vida, sua verdadeira vida, ele decidira, como se ela não merecesse se tornar mais do que uma velha foto esquecida numa parede decrépita, permaneceria pregada naquele novembro de 1943. Brutalmente, naquele momento Vicente se tornou estrangeiro para si mesmo. Tornou-se um outro, um outro vazio de sentido, vazio de esperança, vazio de futuro. O que tinha sido o mais decisivo, o mais categórico de tudo o que lhe acontecera e de tudo o que poderia lhe acontecer mais tarde, não acontecera com ele. Poderia ter acontecido com ele, mas não tinha acontecido com ele. Tinha acontecido com sua mãe, com seu irmão, mas não com ele. "Não quero mais falar. Não quero mais pensar. Não quero mais. Não quero mais nada, mais nada de nada. Quero me calar. Sim, me calar. Nem mais uma palavra. Nem mais um som. Nem mais nada." Vicente quisera saber, e quisera não saber. Quisera não saber porque pensara que tudo o que soubesse seria pior do que sua ignorância. "Escutar? Por que escutar? Falar? Por que falar? Calar-se. Ignorar. Manter-se o mais longe possível de tudo aquilo. Ficar fora do mundo. Afinal, eu tenho o direito, não tenho?"

Antes daquela última carta, Vicente lera os jornais. Soube que a situação no gueto de Varsóvia se tornava cada dia mais difícil, soube que a vida dos judeus na Alemanha e nos países ocupados pela Alemanha tornava-se invivível. Lera as palavras horripilantes de *La Nación*, do *Daily Telegraph*, do *New York Times*. Antes daquela última carta, Vicente lera os jornais buscando pistas, chaves, vestígios que lhe permitissem compreender — e buscando também, como todo mundo, razões *para não compreender*. Antes daquela última carta de sua mãe, como todo ser humano, Vicente quis saber e, ao mesmo tempo, preferiu não saber.

Depois daquela última carta, tudo mudou. Depois daquela última carta, Vicente não queria mais nada senão ignorar. Ignorar tudo. Absolutamente, brutalmente ignorar tudo. Queria aprender o que é a ignorância mais extrema. Queria viver na escuridão. Queria não só não saber, como ainda mais: queria *não mais* saber. Não saber mais nada. Nem sequer o que já sabia. Queria não saber mais nada do que já tinha acontecido nem do que poderia acontecer no futuro. Nem com sua mãe, nem com seu irmão — nem com sua mulher, nem com seus filhos, nem consigo mesmo.

É sem dúvida uma das caraterísticas mais singulares do ser humano: assim como o corpo, quando lhe infligem demasiado sofrimento ou quando ele está muito enfraquecido, apaga momentaneamente pelo desmaio para poder, como uma simples máquina, religar e recomeçar, o espírito também, quando a dor e a impotência são fortes demais, ensombrece, ensurdece, fecha-se para sobreviver, ou melhor, para que alguma coisa sobreviva — alguma coisa que ainda é humana e que já não é, alguma coisa que ainda é nós mesmos e que já não é mais ninguém.

Depois daquela última carta, Vicente deixou de crer. Deixou de acreditar em tudo. Em sua mulher, em seus filhos, em si mesmo. Deixou de crer que a vida era mais importante que a morte.

E no entanto, depois daquela última carta, como depois do fim da esperança nascida com o levante do gueto de Varsóvia, a vida, mais uma vez, retomou seu curso. Retomou seu curso terrivelmente lento, e terrivelmente vazio. Vicente não tinha mais gosto por nada. Mas levantava-se todo dia, ia trabalhar todo dia. Todo dia vivia sua vida familiar, trancado no silêncio, e toda noite jogava. Jogava para se punir — e para esquecer. Embora não conseguisse em absoluto esquecer. Ariel costumava lhe dizer que era preciso, que ele não tinha opção, que era preciso pensar em outra coisa, que era preciso sair daquela melancolia que o estava matando, que era preciso que o fizesse por sua mulher, por seus filhos. Dizia-lhe que era preciso se concentrar no trabalho. Que era preciso esquecer e que também era preciso, sobretudo, que parasse de jogar — que era preciso, terminantemente, parar de perder tudo.

Vicente escutava os conselhos de seu amigo de adolescência, mas não respondia. Sabia que era preciso esquecer, sabia que era preciso parar de jogar, sabia que era preciso fazer esse esforço por Rosita, por Ercilia, por Martha, por Juan José, mas era absolutamente incapaz de fazer o menor esforço. A única coisa que eventualmente esperava, nas raras vezes em que ainda esperava, era acordar uma bela manhã, depois de uma noite de jogo que o tivesse obrigado a adormecer tão exausto e tão pobre, e, ao despertar, que tivesse esquecido tudo. Teria esquecido tudo sem se dar conta, sem fazer de propósito, sem tê-lo desejado. Sonhava em acordar um dia lembrando-se somente de que soubera alguma coisa que já não sabia: lembrando-se, como costuma acontecer na vida de todos os dias, de que esquecera alguma coisa, mas já sem saber exatamente o que esquecera.

Mas esse despertar nunca chegava. Vicente sonhava com aquela manhã nova, mas toda manhã acordava e era o mesmo: com suas mesmas lembranças, com seu mesmo sentimento de culpa, com seu mesmo desejo de esquecer.

Um dia, porém, quando Vicente já não falava fazia meses, quando já não ia mais ao Tortoni, quando apenas trabalhava calado na loja (ou melhor, fingia trabalhar olhando para Yorgos, seu empregado que, este sim, trabalhava de fato), Ariel passou com Sammy e eles lhe mostraram diversos jornais ilustrados com fotos das manifestações de alegria nas ruas de Paris — que acabava de ser libertada. Vicente não reagiu propriamente, não disse nada aos amigos, não esboçou nenhum gesto especial, nem de satisfação nem de lamento. Mas, ao voltar para casa naquela noite, foi um pouco mais carinhoso que de costume com Rosita, e à noite, depois de terem deitado as crianças, fizeram o que já não faziam havia meses: fizeram amor. Era o início do mês de setembro de 1944.

Na manhã seguinte, firme e temerosa ao mesmo tempo, Rosita lhe disse que resolvera retomar seus estudos de farmácia.

— Sei que você é contra. Sei que não quer. Mas não aguento mais, Vicente. Estou sufocada. Sufocada neste apartamento. Preciso sair, preciso fazer outra coisa. Pedi a meu pai e ele vai me emprestar dinheiro para que a gente arranje alguém que me ajude com as crianças.

Rosita olhou para o marido esperando uma palavra, uma reação, uma oposição. Pensou que, no mínimo, ele ficaria furioso por ela ter pedido dinheiro ao pai. Mas Vicente, mais uma vez, nada disse.

— Que você queira morrer, que queira se deixar morrer como se o mundo não existisse, como se nada mais tivesse nenhum interesse, nem mesmo as crianças, é problema seu. Mas eu não aceito. Não morrerei com você.

Rosita olhou de novo para ele. Esperou de novo. Mas Vicente apenas baixou o rosto e soltou um longo suspiro. E naquela manhã, quando o sol do fim do inverno acariciava as ruas de Buenos Aires, foi Rosita quem saiu de casa para ir passear.

Vicente poderia ter tentado responder, mas não tentou responder. Poderia ter tentado detê-la, mas não tentou detê-la. Poderia ter tentado compreender por que sua mulher lhe dissera tudo aquilo justamente depois da noite em que o amor se impusera brevemente sobre o silêncio e a morte, mas não tentou compreender. Não tentou responder nem retê-la nem compreender, porque depois daquela noite de amor, a seu ver, novamente nada mais tinha a menor importância. A pequena alegria que sentira após saber da libertação de Paris, assim como a imensa esperança que sentira durante as poucas semanas que durara a insurreição no gueto de Varsóvia, se devia, também, ao fato de que ele ainda esperava que sua mãe estivesse viva. Esperava por uma razão tão irracional como lógica: porque ninguém ainda lhe tinha anunciado que ela estava morta.

— Se isso não a aborrece, dormirei na loja...
— De novo?!

O inverno austral terminava, e a primavera começava a alegrar as ruas da cidade com gritos e risos, mas Vicente se sentia cada vez mais só. À noite, antes de sair do apartamento para ir jogar, às vezes prevenia Rosita de que não voltaria para casa.

— Tenho dificuldade de dormir neste momento.

Sob o pretexto de que depois do pôquer precisava de calma ou de que gostava do frescor do local, comprido e escuro, ele dormia cada vez mais frequentemente no depósito, no subsolo da loja. E cada vez mais frequentemente tinha aquele sonho que tivera pela primeira vez depois de receber a visita do dr. Moshé Feldsher. Agora, no sonho ele examinava o muro que tinham construído ao seu redor. Quando o muro começava a se comprimir, ele olhava as pedras, tocava-as, sentia a umidade que escorria pelas rachaduras. Já não se enfurecia contra o muro, já não batia nele com as mãos, com os punhos. Contemplava-o, inspecionava-o, estudava-o como se a morte que ele lhe prometia não lhe dissesse propriamente respeito. Mas sempre chegava um momento em que, como o muro tivesse se comprimido tanto que o ar viria a faltar, ele encontrava uma faca, ou um martelo, ou até mesmo uma marreta — e então, brutalmente, sempre acabava por destruí-lo.

E sempre acordava no exato instante em que compreendia que aquele muro que o cercava, que o sufocava, e que ele derrubava ou perfurava com fúria, era sua própria pele.

À libertação de Paris seguiram-se as da Bélgica e dos Países Baixos, depois a entrada dos Aliados na Alemanha e a do Exército Vermelho em Varsóvia. Mas Vicente, de novo, se desinteressara de tudo o que acontecia na Europa. Retornara à sua prisão: a do silêncio — e do jogo.

Num sábado especialmente escuro do fim do mês de outubro de 1944, Vicente foi sozinho a um bar muito mal-afamado próximo ao porto. Jogou a noite inteira e perdeu a noite inteira. Tinha perdido. E perdido. E perdido ainda mais. E quando tinha perdido tudo, conseguiu, naquela noite especialmente escura, naquele bar especialmente mal-afamado, convencer um jogador especialmente suspeito a lhe emprestar um pouco de dinheiro — que perdeu igualmente. De madrugada, só o deixaram ir embora porque o patrão o conhecia, e conhecia também Ariel e Sammy, que, se necessário, ele sabia, reembolsariam o homem em nome de Vicente.

Vicente subiu do porto para a cidade. Depois de atravessar a via férrea, cruzou com um bando de jovens barulhentos que saíam de uma festa num prédio do Bajo. Estavam desarrumados e muito excitados. Eram só uns quinze, mas falavam e gritavam como se fossem uns trinta. Ao saírem do prédio, empurraram Vicente sem sequer perceber. A excitação deles era imensa. Juntos, uns se jogando sobre os outros, os rapazes sobre as moças, as moças sobre os rapazes, nenhum membro do grupo parou e pediu desculpas. Ninguém parecia ter notado aquele homem sozinho, pálido, destruído, perdido na luz suave da madrugada. Enquanto se afastavam sob as arcadas, falantes, bêbados, tropeçando e fumando, Vicente reconheceu um dos rapazes que ia andando abraçado a uma moça: era Franz, seu jovem empregado alemão. Vicente o seguiu longamente com os olhos. Ele parecia tão feliz, tão despreocupado. Franz não o viu. Desapareceu simplesmente, com os amigos, na esquina da rua.

Vicente ficou ali um instante, perturbado e incapaz de tentar compreender sua perturbação. Depois seguiu seu caminho. Tomou um café sozinho no balcão do Tortoni e saiu de novo, quando começava a chover. A avenida de Mayo estava pesada e cinza: as lojas fechadas, os carros, os raros pedestres, tudo era cinza, pesado e triste, a dois dedos de desabar. "É preciso. É preciso. O dever. É um dever. A obrigação é necessária. É necessária a obrigação do dever de fazer alguma coisa. Fazer alguma coisa contra o nada que eu faço." Vicente caminhava de cabeça baixa, os olhos afundados nos próprios pés que passavam um na frente do outro num ritmo tão regular como inútil. Andava lentamente pela calçada, e a avenida tornava-se interminável. Exausto, vencido, andava, e andava mais, e ao seu redor os prédios se esboroavam e se dissolviam sob a chuva como muralhas de areia. "É preciso fazer alguma coisa contra o nada que eu posso. Eu posso nada. Eu não posso nada. Nunca soube, aliás, a diferença." Semelhantes a girinos, palavras sem rabo se agitavam de novo em sua cabeça. E ele tentava seguir seu fio, que fatalmente lhe escapava. "Ou então reviver. Parar de perder. Reviver, sim. Ser de novo um homem. Um verdadeiro. O capitão. Um homem que vive. Um homem que diz. Um amigo, um marido, um pai. Uma... uma criança. — Ser. De novo. Uma criança." Diante dessas palavras, pensadas com tanta força que ele acreditou ouvi-las, Vicente sentiu que lágrimas começavam a lhe correr pelas faces. "A agitação do mundo. A agitação do mundo da rua dos cafés do parque das árvores do vento das crianças da escola. A vida. Era isso a vida. Mas a vida partiu. Afastou-se lentamente. E já não sei onde ela está agora. Estou só. Não ouço mais. Meus ouvidos fechados como pálpebras. O dia nasce e eu soçobro. Soçobro, eu sei, soçobro. E caio. Caio como a noite, como o mundo. Não sei de onde mas eu caio. E também não sei para onde, mas eu caio. Eu caio. Lentamente, eu caio. Lentamente eu tombo para minha tumba. Sim. É isso. E basta." Ao andar, sem se dar conta, Vicente se viu diante da loja. Eram sete e quinze da manhã, era um domingo, e ele não tinha a menor razão de estar ali. Porém, mecanicamente, Vicente levantou a grade de ferro. Sem saber ainda exatamente o que queria, o que buscava, Vicente desceu ao subsolo, ao depósito onde tantas vezes dormira. Mas dessa vez, não dirigiu um olhar para o sofá encalhado que tantas vezes lhe servira de cama. Vicente procurou uma corda que se lembrava de ter visto num dos caixotes grandes dos sofás que lhe tinham entregado dias antes. Encontrou-a e fez um nó corredio. Passou a corda por cima dos canos metálicos grandes que corriam pelo teto e pegou uma cadeira New Style que fazia parte de um lote de cinquenta que ele jamais conseguira vender. "Braços cruzados, boca fechada. Não aguento mais. É simples, porém. Acabar. Ir embora, desaparecer de uma vez por todas. Morrer. Morrer suavemente. Morrer suavemente mas morrer enfim. Morrer de morte suave. Suave morte. Minha morte. Morrer de minha suave morte, a minha." Vicente subiu na cadeira e passou a corda no pescoço. "Sim. Sim. Que minha morte seja suave — ainda que eu morra."

Vicente fechou os olhos e ficou ali um instante, de pé na cadeira, sem pensar. Ficou ali em silêncio. Num verdadeiro silêncio. Mais nenhuma palavra se articulava em sua cabeça. Estava calmo, relaxado. Não pensava sequer que tinha finalmente parado de se torturar. Não pensava sequer que tinha finalmente parado de pensar. A morte, antes que ele morresse, já acalmara aquela angústia que havia meses o impedia de viver. Vicente não tinha nenhuma dúvida, não era vítima de nenhuma hesitação: sabia que ia morrer. Estava ali. Finalmente ali.

Diante da própria morte, era finalmente ele mesmo e já não era mais ninguém.

Um passo. Dois passos... três passos.

Vicente já tinha tomado impulso para fazer a cadeira balançar quando ouviu os passos hesitantes de alguém que entrou na loja. Curioso, bestamente curioso, conseguiu interromper seu gesto. Apurou o ouvido e escutou. Não era tanto por querer saber quem, afinal, podia ser, mas não queria de jeito nenhum fazer barulho. O pensamento absurdo de que alguém pudesse ouvir a cadeira cair no chão e descer ao depósito e contemplar seu cadáver o incomodava. Incomodava-o como se ele pudesse ter vergonha de si mesmo depois da própria morte. Então ficou ali, sobre a cadeira, imóvel, à espreita, e esperou. Não tinha nenhuma dúvida de que essa pessoa perdida na madrugada de Buenos Aires, esse intruso que não tinha a menor razão de estar ali, não tardaria a ir embora. Esperou pacientemente, em pé na cadeira. Esperou em silêncio, sem fazer o menor ruído.

— Vicente?

Vicente não pôde deixar de ter um sobressalto ao reconhecer a voz de Rosita. "Mas...?! Mas por quê? Mas como...? ... Mas o que ela está fazendo aqui? Não é possível! Não é possível que..." Abruptamente, palavras se articulavam de novo em seu cérebro. A linguagem voltara, como uma torrente impetuosa, vivificando — e torturando ao mesmo tempo.

Vicente não podia ver sua mulher: apenas ouvia seus passos, que se aproximavam devagar do alçapão que levava ao subsolo.

— *Mi amor?*

Vicente não respondeu. Mas de repente começou a soluçar. Seu cérebro estava de novo às voltas com pensamentos confusos. Sempre com a corda no pescoço, agora lágrimas e ranho corriam por seu rosto. E seu coração, cheio de vergonha, já não sabia que destino esperar.

Levando as mãos ao rosto, tentou abafar os soluços. Mas Rosita já o ouvira. E parara na beira do alçapão. Assim que encontrara a porta aberta, entendera que ele estava na loja. Agora, esperava bem no alto da escada que levava ao depósito. Vicente podia distinguir nitidamente sua sombra desenhar-se nos degraus.

— Vicente?... Eu... eu queria te dizer que... que eu... Eu queria te dizer que estou grávida, meu amor.

No início de 1945, quando o fim da guerra se aproximava, os jornais, mesmo na Argentina, começaram a falar cada vez mais sobre o destino dos judeus na Europa. Vicente, para ignorar o que poderia ter descoberto naquele momento, quando os últimos alemães eram expulsos da Polônia, quando os soviéticos libertavam Auschwitz, sempre fechava os olhos com todas as suas forças. Não querendo saber, não querendo *mais* saber, não querendo saber mais nada, mesmo o que já sabia, trancava-se num silêncio cada vez mais pesado, cada vez mais compacto, um silêncio que, enterrado bem no fundo de seu ventre, começara a crescer como um tumor maligno, pouco a pouco se apossando de seu peito, de seus pulmões, de sua garganta, de seu crânio.

O esforço que fazia para não saber tornou-se sua única razão de viver. Então, quando soube, Vicente ficou devastado. Pois tudo de que suspeitara — tudo o que pudera e tudo o que *não pudera* imaginar em 1943 e 1944 — era menos horrível do que aquilo que era.

Antes de 1945, Vicente não quisera imaginar o que poderiam ser aqueles campos de que se começava a falar. Não quisera indagar se pareciam mais uma prisão, um hospital psiquiátrico ou um cercado de gado. Não quisera indagar se os prisioneiros usavam um uniforme ou se estavam nus. Recusara-se a pensar que sua mãe podia ter sido espancada com coronhadas de fuzil, arrastada pelos cabelos na lama semicongelada ou torturada para confessar alguma coisa que ela ignorava. Vicente recusara a pôr imagens sobre essa realidade, sobre essa realidade que ainda ninguém parecia ter realmente visto — e que os que diziam tê-la visto não conseguiam compreender, e que os que diziam tê-la compreendido não conseguiam explicar.

Vicente não quis saber. Não quis imaginar. Mas, em 1945, pouco a pouco, sem querer, como todo mundo, começou a saber — e não pôde deixar de imaginar. Pouco a pouco se perguntou o que sentira sua mãe trancada atrás dos muros do gueto. Perguntou-se como ela olhara as ruas atulhadas, os mendigos, as crianças doentes. Perguntou-se como ela suportara o frio, a fome. Perguntou-se como pudera viver sem saber o que lhe aconteceria, e depois, ainda pior, *sabendo*. Perguntou-se, chorando de raiva e desespero, como ela vivera a deportação, como viajara trancada naquele trem, como andara naquele corredor, como reagira ao receber a ordem de se despir, como se despira.

Pouco a pouco, lutando para não saber, lutando para não imaginar, Vicente iria viver um outro horror além daquele, *finalmente breve*, de Treblinka: o horror de uma vida culpada, de uma vida em que o sentimento de culpa o corroeria dia após dia, o horror de ter faltado ao seu destino, o horror de não ter estado lá onde era preciso estar — estar lá somente para morrer junto com ela.

"Será que ela chorou quando a arrastaram para fora de casa? Será que berrou? O que fez quando a trancaram no trem? O que imaginou quando lhe pediram para se despir? O que disse? O que sentiu? O que pensou? Ainda teria forças para falar? Para sentir? Para pensar?" Vicente tentara de todas as maneiras não saber e não imaginar, mas pouco a pouco soube, e imagens a um só tempo confusas e aterradoras se impuseram a seu espírito. Imagens frias e trêmulas que pouco a pouco se tornariam uma só imagem, uma só imagem à qual ele já não poderia escapar, uma imagem que veria para sempre, assim que fechasse os olhos, assim que voltasse a abri-los: a do corpo nu de sua mãe tal como ele jamais vira, tal como ele desejara jamais ver, a de seu corpo miserável, gasto pela velhice e pelo medo, perdido no meio de uma multidão de outros corpos igualmente miseráveis, a de seu corpo com as mãos esticadas para a frente como para se proteger, a de seu corpo e de suas pernas franzinas, arrastadas por dezenas, centenas, milhares de outras pernas igualmente magras — a imagem do corpo nu de sua mãe perdido entre uma infinidade de corpos frágeis, esqueléticos, precipitados às coronhadas para as duchas. Sim, se há uma imagem que Vicente gostaria de jamais imaginar, e que nunca mais deixou de imaginar desde que leu as primeiras descrições dos campos, é a de sua mãe nua, derreada, extenuada, quando entrava naquelas duchas que não eram duchas.

Durante a gravidez de Rosita, Vicente não conseguiu deixar de saber mais e mais coisas sobre o que acontecera na Europa. Mas continuou a se calar. Nunca falaria com ninguém sobre a última carta da mãe. Nem sobre sua morte. Nunca diria a Rosita nem a seus filhos, nem mesmo mais tarde, quando fossem adultos, quando e como sua mãe tinha morrido, quando e como seu irmão tinha morrido. Jamais Vicente gostaria de dividir sua tristeza para aliviá-la, jamais gostaria que sua família vivesse na crueldade inútil da memória.

Vicente fora um homem estabelecido: quarenta anos, casado, duas filhas e um filho, amigos, uma loja que andava bem, uma cidade que já não lhe era estrangeira. Fora um homem como tantos outros homens, felizes e infelizes, sortudos e azarados, alerta, cansado, presente, ausente, muitas vezes indolente, às vezes apaixonado, e raras vezes indiferente. Fora um homem como tantos outros homens, e de repente, sem que nada acontecesse ali onde estava, sem que nada mudasse na sua vida de todo dia, tudo tinha mudado. Tornara-se um fugitivo, um traidor. Um covarde. Tornara-se aquele que não estava ali onde deveria estar, aquele que fugira, aquele que vivia enquanto os seus morriam. E a partir desse momento preferiu viver como um fantasma, silencioso e solitário.

Durante o verão de 1945, Vicente aceitara voltar com os filhos a Mar del Plata, a convite dos pais de Rosita. Tentara participar da alegria das crianças quando elas estavam na praia. Tentara manter-se longe do cassino. Tentara mostrar um pouco de gratidão aos sogros. E, sempre sem dizer a menor palavra, tentara demonstrar sinais de ternura à sua mulher, que estava grávida de quatro meses.

Depois, voltara com a família para Buenos Aires. E mais uma vez a vida retomara seu curso. Vicente voltou a trabalhar e as crianças retornaram à escola. Rosita não retomou seus estudos de farmácia como decidira. Em março de 1944, quando Juan José começava a ir à escola primária, a vida em casa já era tão complicada, e Vicente já era tão incapaz de cuidar das crianças, que ela pensou que faria isso no ano seguinte. Mas no ano seguinte engravidou. E esse sonho de retomar os estudos ficou numa gaveta de onde nunca mais sairia.

Pouco depois da volta às aulas, no dia 27 de março de 1945, por mais ridículo que pareça, a Argentina declarou guerra à Alemanha. Vicente não tinha mais nada do jovem dândi que havia sido. Era um homem enfraquecido, terrivelmente enfraquecido. Perdera quase todo o cabelo, e seu crânio calvo parecia lhe pesar constantemente. Seus olhos, que tinham sido verdes, haviam mudado de cor, e agora eram cinza e aquosos. Em quatro anos, de rapaz cheio de graça, Vicente se tornara um velho pai de família. Sammy e Ariel não lhe diziam nada. Mas quando falavam entre si, muitas vezes se perguntavam o que Vicente fizera para envelhecer tantos anos em apenas quatro. Isso não os impedia de gostar do amigo como sempre tinham gostado. Os três voltaram a se encontrar no Tortoni no final do dia e ainda iam de vez em quando, juntos, ao hipódromo, onde a sorte virava facilmente. Mas Sammy e Ariel evitavam acompanhar Vicente ao jogo de pôquer — onde, pouco importava o que acontecesse, ele sempre dava um jeito de perder tudo o que conseguira ganhar antes.

Na noite de 8 de maio de 1945, quando chovia em Buenos Aires e as crianças já estavam deitadas, o programa de radioteatro que Rosita escutava na cozinha fora interrompido e anunciaram que o armistício acabava de ser assinado. Ercilia tinha dez anos, Martha tinha oito, Juan José tinha sete. E Rosita estava grávida de oito meses. Fazia semanas que Vicente não falava mais com ninguém. Nem com Sammy, nem com Ariel, nem com sua mulher, nem com seus filhos.

Do salão onde fingia ler um livro sentado no sofá, Vicente não conseguiu deixar de ouvir a notícia. Escutou o rádio um instante, até que o boletim extra terminasse e a peça de radioteatro recomeçasse, depois largou o livro e se levantou. Foi até a cozinha, aproximou-se da mulher e pôs docemente a mão em seu ventre.

— *Mi Rusita...*

Surpresa com essas palavras, com essas primeiras palavras pronunciadas pelo marido há meses, Rosita olhou para Vicente por um longo momento, em silêncio.

— Sim, meu amor?

— Se for menina, ela vai se chamar Victoria.

Rosita pôs a mão sobre a do marido e, com lágrimas nos olhos, concordou.

Victoria nasceu no dia 17 de junho de 1945.

Epílogo

1945.
Dezessete anos mais tarde, Ercilia engravidou, e eu nasci. Martha tornou-se minha tia, Juanjo tornou-se meu tio — e Vicente e Rosita tornaram-se meus avós.

Victoria tornou-se minha tia mais moça, aquela a quem, seis anos depois, quando ela tinha ido viver em Londres, eu escreveria minha primeira carta.

Não sei em que momento preciso Vicente soube que sua mãe fora deportada para Treblinka II, esse campo onde jamais se pensou em trabalho, onde ninguém morria de cansaço, de exaustão, de fome; esse campo que fora o mais eficaz de todos, esse campo que fora uma implacável máquina destinada a matar o maior número possível o mais rapidamente possível — esse campo em que, dentro de um ano, os nazistas tinham conseguido eliminar quase um milhão de pessoas. Mas sei que ele soube. Como soube que os nazistas agarraram o filho de Berl quando tinha cinco anos e o transportaram para Auschwitz. E como soube que seu irmão e a mulher dele, apesar da dor, continuaram a trabalhar até o levante do gueto, de do qual participaram, e depois do qual morreram.

"Recebi a sua carta com a foto de Rosita e do bebê, o que me deu um grande prazer. Estou tão alegre com a sua felicidade e com o amor de vocês e a beleza da sua filhinha." "Faz muito tempo que não lhe escrevo. Estive doente, tão doente que perdi a memória e não podia mais escrever." "Gostaria de lhe pedir, se possível, para me enviar um pacote com roupas quentes, pulôveres de lã, meias, luvas, sapatos tamanho 37, largos, com saltos baixos. Aqui em casa, nada de novo. Estamos em boa saúde. A vida é penosa. A morte está por todo lado."

Tenho muitas cartas escritas por Gustawa Goldwag, minha bisavó, mas, é claro, não a conheci. Em 1997, na primeira e única vez em que visitei as ruínas turísticas de Auschwitz, escrevi um poema para ela. Um poema que não é muito bom.

E também não posso dizer que conheci muito bem Vicente e Rosita: meu avô morreu no mês de agosto de 1969, quando eu tinha sete anos; minha avó, no mês de março de 1980, quando eu tinha dezoito.

Não sei se Vicente, antes de morrer, compreendeu que se calar não era uma solução. Não sei o que pensava exatamente da Shoah, esse acontecimento que, depois de não ter tido nome, teve demasiados. Não sei se pensou que escolher o nome de "Shoah" é uma maneira de afirmar que o que aconteceu nunca teve e nunca terá equivalente, que é um acontecimento incomparável, de um alcance inigualável — que é um impensável. Não sei se, exaurido por seu próprio silêncio, ele imaginou, como eu imagino agora, que, para não sermos cúmplices da tentativa de assassinato da linguagem dos nazistas, temos, porém, de pensar obrigatoriamente nesse impensável.

Adorno disse que escrever um poema depois da Shoah era *bárbaro* — antes de voltar atrás nessa afirmação para escrever novamente. Acaso a Shoah *tem uma qualidade definitiva*? Acho difícil dizer o que quer que seja tenha uma qualidade "definitiva". Prefiro pensar, como Pitágoras, como Borges, que as coisas retornam ciclicamente. O antissemitismo fez meus antepassados fugirem da Europa. As ditaduras latino-americanas me fizeram fugir com meus pais da Argentina e depois do Uruguai — para retornar à Europa. Tive de abandonar meu país, minha língua materna, meus amigos. Como meu avô, eu traí:

não estive onde deveria ter estado. Mas não me queixo. Isso foi a minha vida. A única que vivi. E, além disso, me agrada que essa fuga tenha sido, também, um retorno. Reencontrei coisas que meus avós tinham conhecido, outras que tinham ignorado. Aprendi que o mundo era vasto, e as línguas, múltiplas. Esqueci um pouco o espanhol, aprendi o francês. E se jamais gostei muito de viver na França, também não quero mentir: gosto de escrever em francês.

O filho mais velho de Martha, Martín Caparrós, que na família sempre chamamos de Mopi, ao contar, alguns anos antes de mim, a vida de Vicente Rosenberg, nosso avô, escreveu o seguinte: *A Shoah faz parte de nossa história geral: ela define de uma maneira intolerável o conceito do humano. Durante anos, conheci essa história de longe: vi filmes e fotos, li estudos e relatos, fiquei horrorizado, fiz-me perguntas sem resposta. Depois entendi que minha bisavó tinha morrido lá e que essa história era também a minha história: a história de meu sangue.*

Será que carregamos de verdade, nesse líquido que nos faz viver, ou que nos mata, histórias que podem ser ditas por palavras? Muitas vezes afirmei, escrevendo, que eu escrevia somente para sobreviver ao meu passado. Muitas vezes escrevi que o esquecimento era mais importante que a memória. Muitas vezes pensei, como Pasolini, que aquele que esquece tem mais prazer do que aquele que se lembra. Hoje, porém, quando a noite cai sobre Paris, quando o sol colore o poente com o mesmo sangue e o mesmo mel do céu de Buenos Aires há setenta anos, quando, exausto de ter iluminado mais um dia dessa espécie sempre humana e sempre bárbara, ele dardeja seus últimos raios nas janelas de meu escritório, eu, que jamais gostei nem da memória nem do sangue, tenho vontade de dizer que Mopi está certo. Tenho vontade de pensar que o mesmo sangue corre em suas veias e nas minhas; e nas de meu irmão, e nas de meus outros primos, Gonzalo e Miguel, que são como meus irmãos, e nas de minhas primas, Lila, Manuela e Natasha, que eu amo e com quem também cresci. E também nas de Ariel, o filho de Juanjo, que perdi de vista. Gosto de pensar, enquanto envelheço, que alguma coisa de meu passado vive em mim — tal como alguma coisa de mim, espero, viverá em meus filhos.

Gosto de pensar que Vicente e Rosita vivem em mim, que viverão sempre quando eu mesmo não viver mais — que viverão na lembrança de meus filhos que nunca os conheceram, e nestas palavras, que graças ao meu primo mais velho, pude lhes dirigir.

*Cet ouvrage a bénéficié du soutien des Programmes
d'aides à la publication de l'Institut Français.*

Este livro contou com o apoio à
publicação do Institut Français.

Le Ghetto intérieur © P.O.L. Éditeur, 2019

Todos os direitos desta edição reservados à Todavia.

Grafia atualizada segundo o Acordo Ortográfico da Língua Portuguesa de 1990, que entrou em vigor no Brasil em 2009.

capa
Renata Mein e Elohim Barros
preparação
Julia de Souza
revisão
Jane Pessoa
Valquíria Della Pozza

Dados Internacionais de Catalogação na Publicação (CIP)
——

Amigorena, Santiago H. (1962-)
O gueto interior: Santiago H. Amigorena
Título original: *Le Ghetto intérieur*
Tradução: Rosa Freire d'Aguiar
São Paulo: Todavia, 1ª ed., 2020
128 páginas

ISBN 978-65-5692-008-5

1. Literatura francesa 2. Romance 3. Holocausto
I. Freire d'Aguiar, Rosa II. Título

CDD 843
——

Índice para catálogo sistemático:
1. Literatura francesa: Romance 843

todavia
Rua Luís Anhaia, 44
05433.020 São Paulo SP
T. 55 11. 3094 0500
www.todavialivros.com.br

fonte
Register*
papel
Munken print cream
80 g/m²
impressão
Geográfica